KB065423

문학과지성 시인선 506

나는 적극적으로 과거가 된다

황혜경 시집

문학과지성사

문학과지성사에서 펴낸 황혜경의 시집

느낌 氏가 오고 있다(2013)
겨를의 미들(2022)

문학과지성 시인선 506
나는 적극적으로 과거가 된다

초판 1쇄 발행 2018년 2월 9일
초판 7쇄 발행 2023년 12월 1일

지 은 이 황혜경
펴 낸 이 이광호
펴 낸 곳 ㈜**문학과지성사**
등록번호 제1993-000098호
주   소 04034 서울 마포구 잔다리로7길 18(서교동 377-20)
전   화 02)338-7224
팩   스 02)323-4180(편집) 02)338-7221(영업)
전자우편 moonji@moonji.com
홈페이지 www.moonji.com

ⓒ 황혜경, 2018. Printed in Seoul, Korea

ISBN 978-89-320-3078-4 03810

이 도서의 국립중앙도서관 출판예정도서목록(CIP)은 서지정보유통지원시스템 홈페이지
(http://seoji.nl.go.kr)와 국가자료공동목록시스템(http://www.nl.go.kr/kolisnet)에서
이용하실 수 있습니다. (CIP제어번호: CIP2018003318)

지은이는 2014년 아르코문학창작기금을 수혜했습니다.

문학과지성 시인선 506
나는 적극적으로 과거가 된다

황혜경

Abba Amen

시인의 말

지나간 확실한 것을 믿는 마음으로
확실하게 지나간 것에 기댄다.

지금 보이지 않아도 분명히 있는 것.

그걸로 나는 됐다.
그러면 나는 된다.

2018년 2월
황혜경

나는 적극적으로 과거가 된다

차례

시인의 말

I
Shining과 dark 사이에

따로 만든 응접실

가까운 시골을 검색하고 그곳에 갔다, 라고 쓰고
떠나는 마음으로 접객용 의자나 소파, 테이블을 놓는다

그것은 이런 것이다: 끝나지 않는 끝말잇기를 하듯 죽
지 않을 만큼 먹고 아름드리 빵 굽는 작은 언덕을 지나면
구경하는 집 빨간머리앤 미용실이 있던 자리 1년에 한 번
내가 눈 감고 거품으로 도피하던 때

그것은 이런 유일唯一이기도 하다: 얼룩말 새끼들은
다 안대 줄무늬를 보면 엄마인지 아닌지

지구와 달이 가까워지면서 해수면이 상승하는 시기입
니다

이팝이 피고 지면 여름
다시 빵을 먹고 잉크를 사고 목욕탕에 간다 약을 먹고
점심은 거르고 저녁을 먹고 약을 먹고
무드는 사라지고 행위만 남은 거실

그 정원에 다녀와서 시시가시라 시시가시라 가을이 올 때마다 노래 불렀다 시, 시, 가시라, 내게 물들고 시를 물들이는 단풍나무

어디서부터 상투적으로 신고 왔는지 모를 갓신을 가지런히 벗어두고 출입문 바로 옆으로 따로 만든 응접실
남쪽의 가장 좋은 곳에 나무가 보이는 쪽에 의자나 소파, 테이블을 놓고
격식을 차리는 거리를 재본다

새로운 디저트 기쁨의 정원을 맛보세요*

어떤 분리는 안락의 시작일 것이다: 응접실의 창이 열리면 새의 소리 이전에 새가 먼저 듣는다 소리에 접촉한다 나의 울음을 하등한 인간의 소리로 들켜도 좋을 아침

* 영화 「바그다드 카페」(1987) 중에서.

동사動詞를 그리라고 하는
이웃집 아이

떠오르는 문장을 놓친다 걷지 말아야겠다

밥솥 상자를 들고 고향으로 가나 봐 저 여자, 아니 누군가 늙은 어미의 딸, 바쁜 걸음으로 기차에 올라탄다

굽의 종류에 대하여 질문할 때마다 당신은 그랬지 발을 새 구두에 길들이려면 움직여야겠죠

동사를 그리라고 하는 이웃집 아이

나는 줄넘기하는 걸 그렸어요 화분에 물 주는 걸 그려보세요

하는 걸 그려보라고 하는 아이

아이가 신은 하이힐처럼 나는 나를 홀대하듯이 아이 앞에서 뒤뚱거린다

방울 달린 모자를 쓰고 걸으면 누가 따라와

너는 방울이라고 말하고 나는 방울 끝에 매달린 그 무엇이 데려오고 있는 중이라고 말한다

하는 것 중에서라면 칫솔에 치약을 짜주는 게 좋아

건네받을 때 닦기도 전에 닦이는 것 같거든 하얘지도록

동사를 그리라고 하는 이웃집 아이

나보고 참 잘했대요 잘한 걸 말해보세요

나는 살면서 두 번 죽기로 했는데

나이가 들수록 밝은색 옷을 입게 되는 거야 죽지 않길

잘했니

하게 되면 그로 인해 중요한 걸 잃게 되는 때도 있고

하게 되면 그로 인해 미련스러운 걸 하나 버릴 때도 있고

그리운 것에 대해서라면 그래도 보고 오면 안심이 되고

하다가 죽은 할머니와 함께 자던 밤

하다가 타인과 둘이 되던 밤

놀다가 아이와 한 몸으로 잠든 밤

하고 또 하다가 무엇과 누구와 같이 있는 밤에도

물을 타고 나갔다가 돌아오는 해녀가 떠오르는 건 왜

일까

숨 가쁘게 힘써야 하기에

너는 풀잎반에서 자라나고 비는 내리겠지 누가 챙겨준

우산이었을까

　기억나지 않는 우산들이 또 비를 기다리고 있고

　느린 정원을 찾아오라고 해서 빨리 걷지는 않겠지만
　주문하는 동사 앞에서 움직여 걷긴 걸어야겠지만
　오직 하기에 힘써서 해야 하기에

　동사를 그리라고 하는 이웃집 아이
　나는 아직 모르는 걸 그려볼 거예요 못 해본 걸 그려
보세요
　나는 살면서 세 번 죽기로 할 텐데
　시간이 갈수록 죽음도 가망이 없다는 생각을 하게 되
는 거야 살아 있길 잘했니

　하다 보면 힘을 얻어서
　서고 걷고 뛰고 웃고
　얘야, 그렇게 주동사主動詞가 될 수 있을까 나도

생각보다 큰 토끼

구르는 말은
무엇으로 이루어져 있을까
복잡할 때 생각하면
단순해져서 웃게 되는
생각보다 큰 토끼

밑이 드러나는데 결말을 못 봤다고?
부풀어 오르는데 터지지는 않는다고?

제외하는 새의 뇌처럼
자꾸 나만 빼놓는 것 같아서
저어하면
괄시와 질시와 험담이 커져서
내가 더 작아지고
생각보다 큰 토끼

아침의 도약은
어떤 성분들로 이루어져 있을까
약이 듣지 않는 밤에 생각하면

검은토끼인지 흰토끼인지 얼룩무늬인지
생각보다 큰 토끼는
제 그림자로 내 전체를 덮고
정해진 명제들도 쪼그라들고

자

분리하듯이 분절음으로
ㅈㅏㅁ을 속삭이며 멀어져간다

한잠 잘 자고 나면
토끼는 없고 나는 있고

작은 말들에 마음이 머문다

수월한 창백

그 사진들을 보면 그 속의 속의 표정이 나의 것만 같아
나는 영정 속에 있고 가족들이 객客을 맞이하는 그림
영정은 웃는 게 답이다

네가 죽으면 보러 갈게 이런 마음으로 오는 얼굴들을
내가 죽으면 보러 갈게

나를 찾아다니는 눈먼 개

먹자마자 싸거나 먹으면서 싸고
너무 많은 이야기를 순식간에 털어놓으면
끝으로 갈수록 질이 나빠지는 두루마리 화장지
한 층 밑에 깔아 숨긴 위층보다 작은 딸기들
이런 물질들이 불편하게 달라붙는다

피부와 모발의 윤기가 지속될 때에도
그 몸이 기억나지 않아야 해서
그 몸과 지금 헤어져야 한다

표피라고 말하며 피, 입에서 바람을 빼면
밤과의 인사는 손짓 대신 (눈)

(볼)

(입)

(   )맞춤

알 수 없는 기분
모르는 기분
반대로 싫은 기분

다른 건 쉬우면서도
나 본연의 나는 안 되는 걸까

고정된 표정 하나를 보다가
아등바등이 손에서 빠져나가고

수월한 창백
영정은 웃는 게 답이다

Shining과 dark 사이에

빨리 팔고 빠지는 점포들을 여럿 알고 있다
며칠은 가방 어떤 날은 신발 다른 날은 양말 하루는 벨
트와 지갑
명료함이란 그런 것이다
재빠르게 치고 빠지는 복서의 주먹을 기억한다
단단함은 그런 것일지도 모른다

아기 새 같은 것을 움켜쥐고 싶었던 것은 아닌데

유리의 소리를 머금고 있는 듯 shining과 dark 사이에

방을 하나 놓는 일을 계획할 때 벽면의 위치를 가늠할 때
부슬비를 맞고 서 있는 저 연인의
둘의
겹쳐진 부분, 부분
한 사람만 젖고 있는 그 부분 때문에 기억난 건 아니었
는데
언제였던가 shining이 dark에게 자리에 내어준 게

서울에서는 6년 동안 88명이 떡을 먹다 죽었대
허울처럼 춤추는 사지와 맥을 못 추는 사지
느닷없는 외침과 어둠 위에 표류하는 배

유리의 소리의 호흡을 머금고 있는 듯 shining과 dark
사이에

아무것도 안 팔리는 점포에 앉아 있는 상인처럼
나는 그 정도도 괜찮았는데
언제였던가 시간이 지날 때마다 시계가 더, 더, 더, 깊
은 눈을 원했습니다

유리의 소리의 호흡의 시간을 머금고 있는 듯 shining
과 dark 사이에

관심이 가는 나라가 생기고 사람이 생기고
언제였던가 dark가 shining에게 자리를 빼앗긴 게

오해의 소지素地는 그런 것일지도 모른다

바탕을 모르게 되는 오해들처럼

shining,이라고 읽었다가 dark,로 지웁니다
dark,라고 읽었다가 shining,으로 지웁니다

shining과 dark 사이에

흐린,이라고 썼다가 맑은,으로 고칩니다
젖은,이어서 널었다가 마른,으로 걷습니다

나는
방에
햇빛이 드는 자리에 앉아 있습니다

에계

높은 산을 함께 오르던 개가 낮은 산도 오르지 못하게
되는
동안의
높은 계단을 오르내리던 개가 낮은 계단도 오르내리지
못하게 되는
만큼의

시간

뒤뚱거리며
내가 살아 있는 건 여러 가지 중의 하나겠지
몇 가지 이유 중의 하나이기도 하고
위험하고 허름하고 부족하고

에계

거처를 마련하려는데
지체하는 사이
다음 장면으로 빠르게 전환하며

나를 빼는   .

시간

걷는다 부동산 아줌마와 어제는 오늘은 그리고 내일도 아마도
떠도는 일이 그 반복이 무한일까 봐 붙박이고자 했던

시간

정체
전환도 두려운 정체
지체라면 나을 텐데

에계

원위치原位置 시킨다

햇빛은 이제 포기할 수 없어요

이제 어떻게 해야 되는 거예요?
거처가 확정되지 않아요

"비상금 있잖아"
"안개랑 가짜 나무에 다 썼어요"*

* 영화「버드맨」(2014) 중에서.

기氣가 죽은 아이

Sin

Guilt

매일 정해주고 몰아세운다 맨발로 도망가도록
늘 못 하게
부러진 연필들로 덜그럭거리는 찌그러진 철 필통을
가방에 담고 오고 있었는데 저만치서

할머니 등에 업힌 아이와 할아버지 등에 업힌 아이는
달라요
둘이 사는 그 둘은요 품에 안긴 아이와 등에 업힌 아이도

아이가 하는 물놀이에 아이가 함께 발을 담그면 빠져
나오지 못하지만

Double face
명계冥界

마른 몸과 뚱뚱한 몸 나쁘지 않더라도 좋지 않더라도

나쁘더라도 좋더라도

　그동안 못 먹었던 것을 다 먹겠다는 듯이 환호성

　이번에는 기다랗다

　은방울꽃이 명쾌한 소리를 내는 것 같을 때 월하향月
下香*의 꽃말이 '위험한 쾌락'이라고 읽어주는 낮의 해

　해 아래 매 맞은 엉덩이를 까고 엎드려서 부끄러운 아
래쪽을 모두 읽히고

　잃었던 것들을 원망의 포장이 아니라 기쁨의 장막에
숨겨놓고

　이깁니다
　여러해살이풀처럼

　빈정거리는 인류의 꽁한 요소들

일찍부터 단단히 상한 아이가

기가 죽은 아이가

자전自轉을 반복하다가

월하향 옆에 앉아

꽃잎을 떼고 있다

사랑한다안한다**온다**안오면내가간다간다간다**안간다**아주간다아주
가면나도간다사랑한다

* Tuberose라고도 하며 원산지인 남아메리카에서 최초로 발견된 당시
씨앗의 번식이 불가능한 상태였다고 전해진다.

곧 사라질 서랍

간직한 것인가 쌓인 것인가

서운한 표정이 서글픈 표정을 기억하고 웃는 얼굴이
미소 짓는 얼굴을 뒤따른다

굳은살이 박인 너의 혀
다섯 군데나 테이핑을 한 작은 손
나는 모른다 닳았니 다쳤니

우리 그냥 사이좋게 지내자
안장鞍裝에 앉아 있는 것처럼 원래보다 더 편리하게

달아야 하는 단추를 잘 간수할수록 꼭 잃어버리게 되
는 건 왜일까
용접 기술사가 땜질을 하고 있는 그 부분을 보고 돌아
와 큰 서랍에 두 손을 넣어보았다 누구의 것이었을까 커
다란 귀만 만져졌다 찢어졌나 봐 아직도 갖고 있는 누군
가의 귀

서랍에 넣거나 비우거나

나는 내가 버린 뾰족한 것이 너를 찌를까 봐 걱정하는
두려움과 같다
나는 독거의 몸이 살아보겠다고 애쓰는 식단을 가장
존중한다
고통스럽게 죽은 각종 물고기와 동물
오이를 썻을 때마다 살아 있는 것 같던 검은 돌기들

밤에도 낮에도 잠만 자면 꿈을 꿔
바람에 올이 풀리지 않습니다
색이 선명하고 변색이 되지 않습니다
콘라이크 원단에 새겨진 악몽들은 서랍 속에서 얼마나
묵은 것들일까

서랍은 열거나 닫거나

새로울 것 없는 상징과 위험한 진술을 감당하며
누락되는 시인, 새롭다

가지가지 살냄새와 야생하는 벌꿀들
덤덤히 하나의 계기로 버무려질 때
감정은 어디서 비롯되는 것일까

나는 똘똘 뭉쳐 전체적으로 찐다
젖꼭지는 어떻게 자라는 걸까
가늠하기 힘든 실의 길이가 그렇고
매듭은 몇 번이나 크고 단단하게 지어야 안심이 될까
실은 남는다 언제나

서랍은 뺐다가 끼우거나

얼버무리다

곧 사라질 서랍

어려운 예감

어제부터 그림자를 벗어나지 못하고 맴도는 고양이를
바라보는 고양잇과科 여자
둘은 기다리고 있는 게 닮았다
시든 포도의 껍질을 빨고 있는 주름진 남자의 입을
닦아주는 늙은 여자
둘은 가고 있는 속도가 비슷하다

바퀴의 목적은 목적지인가 가는 과정인가
예감이 먼저 오는데 어렵고
기다리고 있는데
오지 않는다

분별할 수 없다는 것은 모르기 때문이 아니라 갈등일
경우가 많지
관련된 내가 기억의 집 앞으로 걷지 아니하는 것은
무너지지 않는 축조 양식 때문인가
나의 혐오스러운 것들을 정렬하고 있는 중이야
시간에 의해 내가 추하게 느껴진다면 남은 감정은 무
엇인가

왜 저주는 예감보다 빠른가
경고의 신호는 어느 미래에 정확히 예감하게 될 것인가

오래된 침대는 내려앉을 것이라는 오래된 예감 아래
지나가던 개미나 쥐며느리나 집게벌레나 바퀴벌레나 언
젠가는 순간, 무엇이든지 깔리겠지

(안에서) 존재가 의아할까 봐 불을 꺼놓으면 어둠이 불안
해질 것이다
(밖에서) 부재를 의심할까 봐 불을 켜놓으면 빛이 불편해
질 것이다

바늘이 모두 빠진 벽시계를 미리 본 적이 있지만

매미가 울더니 귀뚜라미가 울고
눈이 내리니 또 꽃이 필 것이다
절기는 예감하는 나보다 명확하다

싫

뭐가 뭔지 몰라서 말하지 못해
좋지는 않은데 싫

싫증 싫다를 보다가 모르는 글자처럼 싫
싫도 뭣도 모르면서 도리도리 부정하던 나는 싫

격하게, 우유부단하게, 느리게, 못하게, 모르게
싫

ㅅ   ㅣ

ㄹ   ㅎ

같이 있으면 웃는데 헤어지고 오면 슬픈 사람
세련된 사회적 표정 뒤에서 증산蒸散되는 나는 싫

이해하기 싫은 말이 이해가 되니까 슬픈가

너는 결말이고 나는 과정이고
아닌 것은 아닌 채로

아닌 것은 아닌 것인데 왜 아니지 않을까

뭐가 싫긴 싫구나? 들여다보고 있어 봐 신기해 싫
좋지는 않은데 싫
안아

너무 쉽게 열려서 잘 닫히지 않는 남자처럼 말고
너무 열려 있어서 열고 싶지 않은 여자처럼 말고

그토록 '견딜성'이라고 쓰고 또 쓰고 읽게 하던 것이 싫
이제는 내게 째려보는 법을 가르쳐줘야겠다던 너를 만
나고 싶

호젓하다, 소슬하다, 의연하다
알도록 싫
            ㅅ   ㅣ
                ㅍ

습속褶俗이라고 말하면 익숙한 숲속에 가서 자고

싶

이 밤은 침묵보다 소음이 필요한데
비 때문에 집 앞 공원도 고요하고
무엇 때문에 나는 싶

　모서리를 깎고 머지않아 당신은 동그라미가 되겠죠 그
리고 당신은 또 모서리를 그리워할 거예요[*]

뭐가 싶긴 싶구나? 들여다보고 있어 봐 색달라 싶
싫지는 않은데 싶
안아

임금님 귀는 당나귀 귀라고 기어이
말하고 싶 참았던 것들을 못 해본 것들을 다 싶
이제라도 포부抱負의 말을 꼭 한번 해보고
싶

때문에싫때문에싶덕분에싫덕분에싶

* 영화 「니플스」(2005) 중에서.

도트Dot

봄이면 으뜸딸기 작목회 생각이 반복된다 어디쯤일까, 에서 시작해 딸기는 으뜸은 어디쯤일까 봄은

딸기는 빨개 초록이기도 하지 초록은 숲과 들판의 숨소리 숨소리는 가파르고 오르는 연두색 마을버스 언덕 위 사람들에게 다행이고 편지를 넣는다 우체통을 찾아 사연도 빨개

연상聯想은 형통하다

화려해 딸기는 빨개 초록이기도 하지 많은 씨들 단단해 달콤해 씹는다 오늘 초록은 빈 숲과 빈 들판의 숨소리 소리는 잦아들고 금세 물러지는 결들 뭉개진다 저녁에 피는 독버섯을 따는 늙은 손
빛 아래 도드라지는 검버섯 곱더니 아무도 모르게 묻힌 사람들 이어 부르지 못하고 처음만 반복하는 노래에는 무엇이 담겨 있나 수화보다 안 들린다

청능사가 계속 봄을 권하는데

보이지 않는 귓속 보청기와 더 보이지 않는 고막형 보
청기
고막형 보청기는 비싸다는데
이게 다 소리를 깊이 감추는
때문이야

풀밭에서 입술을 달싹거리며
자라는 뱀딸기의 광택
맛은 별로라며
정말 뱀이 핥고만 지나갔나

매의 눈
그 동그라미 속으로 숨는다 나는
바탕이 아니라 도트

연상의 끝에는 내가 있다
나로 돌아온다

빗속의 사람*

빗발치고 있다
도화지에
청개구리 한 마리가 우산을 쓰고 서 있다
빗속의 사람을 그려보라고 했는데 그 아이는 왜 그랬
을까

마음의 질료: 비의면적/빗줄기길이/비의접촉/구름면적/
흰구름/먹구름/번개개수/번개접촉/웅덩이면적/웅덩이개
수/바람개수/태풍개수/보호물개수/우산면적

세차게 줄기차게 내리치는 우울에 대처 가능한 마음
의 범위를 알아보기 위해서 응했지만 빗방울에 대해서
도 물방울에 대해서도 남게 된 아이는 입을 열지 않았다
아이야, 비를 견디는 법은 혼자 우산을 쓰고 멈춰 서서
후두둑, 두드리는 소리의 비를 센스 있게 알아차리는 것
이란다

내리는 비는 떠나간 사람의 유무와도 관계가 깊지? 젖
은 겉옷을 받아 옷걸이에 정갈하게 걸어준 사람을 나는

좋아해 너는? 젖고 있는 부위를 다 말해주지는 않던 사람이 좋아 비 오는 날을 마른날로 지우려고 하면 몇 밤이 필요한 걸까? 우리 모여 모이자라는 말을 좋아하기로 해보자 빗방울들도 모여드는 날이니까 나는 너를 **횡단한다**, 라고 건너뛰며 말하지는 않을래

다른 사람의 젖은 장면을 보고 있었던 것만 같은데
내게도 빗속의 사람을 그려보라고 하는데
빗발치고 있다
서 있는 저 사람은 누구인가
누가 세워두었으며 언제부터 서 있었는가

* 심리 치료에서 행하는 그림 검사 중의 한 가지.

H의 불안

당도 높은 낙과를 내려다보는 쾌락주의자 K
빨주노초파남보
누가 무지개를 동화와 연관 지어 순수라 했나
H는 가담하고 싶지 않은 K의 뜰 안에서 최대한 멀어
진다

오늘은 H의 생일이면서 H′의 출생을 더 신뢰하기로
한 날이며
공개적으로 출입하지 않으며
사실적으로 뉘엿뉘엿이며

철길에 앉아 있는 고양이처럼 두려움이 주를 이루는
시야

H를 비롯한 오늘의 사례事例
몰살과 기적
H′로부터 분명하게 되돌아오는 불안의 에코

어려운 일을 하고 있으면 파리의 앞발도 잘 보이고 비

비는 게 기도 같아 보이기도 하지

  C는 천천히 쌓이는 눈과 같다고 했고 P는 휘몰아치는
폭풍 같다고 했으나
  H의 불안은 비옥하다

  H+H´: 싸구려 동정이 되지 않도록 훌륭해져야지

  부드러운 농담이 이끄는 것처럼
  불안이 달콤해질 것이다

나의 철제 책상에 앉은 것은 누구인가

오래 의견을 주고받았던
사고思考의 산물産物이고 싶은 것이다

20년 넘은 괘종시계의 시침과 분침

시계는 시간 속에 있다고 말하거나
시계 속에 시간이 있다고 말하거나

나의 철제 책상에 앉은 것은 누구인가

오후 3시 26분

여러 가지 소리들이 들려오는
향하며 바늘이 움직이는

째깍째깍이 기본음이며 같이 들리는 것과는 화음을 이
루며
들려오는 소리들이 뿌옇긴 하지만 들려온다

나의 철제 책상에 앉은 것은 누구인가
하나둘 고개를 내미는 얼굴들
철제 책상은 나의 것인데
앉아 있는 사람의 얼굴이 철제 책상의 범위를 갖고 만다

나의 몇 겹은 누구의 것이었나

오래 의견을 주고받았던
사고의 산물이고 싶었던 것이다

결과로의 책상이거나
아무것도 쓰지 못한다 해도 생각의 흔적으로의

그것도 아니라면 현재의 고민으로

팽팽한 공포

간절한 기도의 진심과 방해하는 기도의 개입이
대립하고 팽팽하게 맞서고 있다
그게 아니라면 어떻게 하루하루가 이럴 수 있지
확연히 다르게 하루 다음에 하루는 이렇게
어느 쪽으로든 이토록 채근할 수가 있지
아무리 뿌리가 부실해서
캐낼 뿌리가 없다고 해도 그렇지

하루는 괜찮고 하루는 안 괜찮고
살아질 것 같고 살아지지 않고 팽팽하다 양쪽이
곤란하다 어느 쪽으로든 결론이 나지 않는
길고 질긴 것 끊어지지도 않으니

붕 떠야만 봐줄 수 있는 덜 불편한 장면이 있고
더 들어줄 수 있는 목소리가 있으니
정상正常이 불가능해진다

북돋는 기도와 방해하는 사람
어떤 것이 어떤 것에 관여했는지

점점 알 수가 없고
그동안 무엇을 빌어왔는지
기도의 근원이 어려워지고
밑도 끝도 없고

그리고 끝도 없이 끝도 없이

월月이 가면 월이 오고
연年이 가면 연이 오고

거울

한 사람과 한 사람이 마주 앉는다
따르는 규범과 체질이 엄연히 다른 두 사람이다
"나는 소리 없이 들리는 사랑을 좋아해"
"나는 빛나지 않는 단어들을 비추는 일에 빠져 있어"

한 사람과 한 사람은 광택을 찾는 일에 매달리는 중이고
남은 별을 헤아릴 수 없을 때는 새로운 단어를 찾듯이
각자의 거울을 바라본다

나르시시스트와 나르시시스트가 거울과 마주 앉는다
자기 앞의 거울은 하나씩 자신을 비추고
나르시시스트와 나르시시스트는 아주 멀고
괴리라는 말을 먼저 배우게 되고
각자 자신을 위해 면죄를 위한 노래를 듣고 용서를 부
르고
서로 떨어지고 떼어놓고 더 멀어지면서
거울의 방향이 아리송할 때에는 두려워져
순종을 하거나 복종을 하려 하기도 하지만
"아침이 되어도 나는 오지 않는구나"

"움직이지 않으면 나에 대한 의심이 더 많아져"

한 사람과 나르시시스트가 마주 앉는다
한 사람이 묻고 나르시시스트가 대답한다
"당신은 누구인가"
"나는 나"

거울은 언제나 취급 주의
오늘은 내일의 햇빛을 밝게 예보했고
나는 반사될 것이니
다음의 향방은 어디인가
"그런데 아까부터 너는 누구니?"
"……나?"

핵심

찐빵의 핵심은 팥이고 만두의 핵심은 속이지만
어느 날 비켜서는 것들이 보이고
새에 집착하는 사람이 상상의 날개로 외곽으로 옮겨
가고 있을 때 그가 느끼는 핵심은 이동하고 있었을까

연필의 핵심은 심, 아니면 심 반대쪽의 지우개
잘못 건드려 심에 찔려 심을 여러 개 부러뜨렸던 적이
있었으니
될 수 있으면 지우고 벗어나려 하는 것이 나의 중심
그것이 가장 나의 심心

훌훌 벗고 떠나려 하는 날에는 물망에 오른다는 것이
다 무색하고 찬송가를 부를 때 몸을 좌우로 흔드는 사람
들을 뒤에서 바라보다가 따라서 흔드는 것을 나는 좋아
하게 된다

몸이라는 것 마음이라는 것 나라는 것 너라는 것도 흔
들다가
시간의 중심을 벗어나고 있는 중이었을까

아기를 안고 아내의 한 손을 잡고 버스를 기다리는 남
자가 중심이 되어 서 있는 걸 보았을 때
내가 탄 버스가 지나가고 있었고 그는 정지해 있었는데
시간의 입장에서는 무엇이 핵심이었을까
순간, 감정의 핵심은 따뜻한 가정이었던 게 분명하고

밤에 자고 아침에 일어나는 것이 어려워지면서 핵심에
서 벗어나는 심신
어제부터 깨어 있었는데 지금은 오늘이라 불러야 하는
걸까
어떤 핵심도 고정되지 않을 것이라는 것을 인정하지만
놓여 있던 처음의 자리에서 의미를 넓혀가기 시작해
조금씩 옮겨 가면 1년 후와 10년 후가 달라진다는 것을
이해할 수도 있지만

멀리 갔다가 허리에 묶인 고무줄의 탄성으로 되돌아오
는 나는 핵심의 바깥을 기웃거리다가 원상 복귀를 하곤
하는데

벽에 못을 박을 때 너는 액자의 중심을 시선의 중심에
맞추기 위해 고개를 갸웃거렸고
　너는 못을 박아놓고 어디로 갔는가 없는 건 그런 건가 봐
　무無의 핵심을 가르쳐주는 것이 그날의 핵심이었고

　곧 십자가들이 불을 켜는 저녁이다 죄를 짓고 서성이
다가
　흔들리는 중심을 붙잡아주던 것은 그때마다 무엇이었
을까
　핵심은 쉽게 변하지 않아도 중심을 잡게 해주는 게 있
다는 것을 이만큼 와서는 말해도 괜찮을까

　공터에 버려진 개와
　버려진 아이의 눈이 마주친다
　둘이 같은 걸 알고 있는 눈빛이다
　나의 중심이 향하는
　오늘의 핵심이다

미로 8

병실 밖에서 까마귀가
우는 거야?
이어진 창문들을 지나는 소리

박 감독이 만든 영화를 홍 감독이 만들었다면
나 감독이 만든 영화를 봉 감독이 만들었다면
다른 길에서 웃는 거야?
추구하는 프레임 안에서
친구 아버지의 빈소에 있을 때 나의 아버지가 떠나는
이야기
우는 거야

거울의 기능을 지닌 창문
들여다본다
나는 거울을 보았는데
창문 안에서 나를 보고 있었는가

거울 밖에서 까마귀들이
모여서 우는 거야?

나의 창문을 지나는 소리

갈팡질팡의 효과를 지닌 길
두고 본다
갈래가 된 소리들

추구하는 바를 달리해도 아침의 노래 밤의 인형 근본
은 갖고 놀던 막다른 골목
10년도 더 지난 목소리도 음악이 되고
소리의 소싯적
완구처럼 재미있어?

걸음의 앞에서
빵 조각을 물고 날아오르는 새를 만났어
입으로 소리도 내면서 입으로 꽉 붙잡고

못 본 사이에 너를 네가 놓아버린 흔적의 소식들
몇 계절을 돌아 만났을 때 네가 너를 가꾸고 있다면 안
심할 거야

밑그림 밖에는 점점 모르니까 아무것도 잡지 않을 거야

밑그림 안에서 우는 거야

입구에서 더 신중했어야 했는데

II
맹盟

서로

가죽을 지키기 위해서는 햇빛과 습기를 조심해야지
겨울의 비누는 딱딱하고 여름의 비누는 물렁해
등을 두드려줘야 자는 개와 적응하고 있는 동안
옷장 속의 나프탈렌은 작아지고 있었다는데
그러니까 비늘 모양의 백색 결정체는 공기와

막연한 말들만 늘어놓는 직유는 너를 나의 반대쪽으로
이동시키고
네가 가했던 것들을 먼 훗날 똑같이 느껴 너는 통곡해
야 한다는 것과

그러나 나는 너랑 한 거야 무엇이든

보이지 않기 때문에 보고 싶은 것과

내가 쓴 그것들 울라고 쓴 것 맞아요
관여한 사람 같이 울어요

나의 기분을 좌우하는 것이 너라는 걸 알게 되는 동안

그러므로 비가 온다면 바람 불 거야

나의 허점은 너에 의해서만 나를 보는 일이었으니

불평하는 입으로 불운을 데려오고

부주의하게 지나가는 동안 시간과

너는 아직도 기억의 둘레를 돌고

나는 너의 존재 위에 꽃표로 매달려 의미를 더해야지

고단한 날갯짓에 지친

배고픈 새들이 찾아오는 정원으로 나는 따라가고 있고

검은 머루알이 톡, 부리에 의해 입에

그리하여 흘려듣지 않는 방법을 알아가는 지금

설설 기는 나를 일으켜 등 두드려주는 무엇과

그리고 너* (내가 보이지? 너와)

맴돈다

너보다 재미있는 건 없어
나보다 달콤한 게 있나 보구나
너는 이렇게 말한다

내가 사랑한 것은 둘이에요,라고 말하면
그중 하나는 자기일 거라고 믿는다지

너는 언제나 둘, 둘을 사랑하지
아니 아니 셋일지도 모르지만 나만 모른다지

사랑인 줄 모르고 사랑을

제대로 애무하지 않은 죄로 두번째 귀양

그러나 너는 그냥 그때그때를 사는구나
경건과 욕망은 반대쪽 면面일 수밖에 없을까

아침부터 밤까지 이런 말이 맴돈다
하드보일드 섹시 메탈 알몸으로 하드보일드

믿었던 것을 믿지 못하게 될 때 마쳐야지 밉지 않을 때 정리가 가능하지 놓아야지 보내는 소리를 듣고 있니 내가 놓는 소리를? 물었는데 너는 더 오래전에 갔다고 전해진다 너는 빨랐다

내가 사귄 사람은 둘이에요,라고 말할 때
그중 하나는 자신의 눈 속에 물음표를 찍는다지
사귀는 건 무엇일까? 사귄 걸까? 아닐까?

좋게 헤어지거나 좋게 시작되는 러브 나쁘게 시작되거나 나쁘게 끝나는 러브 나쁘지만 시작되었다가 어김없이 끝나는 러브 시작되면서 끝을 보이는 러브의 옷자락

5월의 폭풍 뒤에 너덜너덜해질 사랑은 마침표면 좋겠어 러브 다음에 검은 동그라미

찌그러진 공을 차며 아이가 달아나듯 지나가고

봄부터 봄까지 이런 말이 맴돈다
하드보일드 섹시 메탈 알몸으로 하드보일드

아무리 외로워도 곁에 두지 않을 겁니다
죽도록 그리워도 너는 아닐 겁니다

나에게도 마이봄선*이 있어 무리 없이 깜빡일 줄은 알
지만
　감았다 뜨면서
　안부를 물을 사이가 아니잖아요
　그립지 않은데 왜 또 봐야 하는지
　그립다는 변해가고
　감았다 뜨면서

겨울부터 겨울까지 이런 말이 맴돈다
하드보일드 섹시 메탈 알몸으로 하드보일드

* 눈꺼풀에서 지방을 분비해 깜빡임을 부드럽게 해주는 기관.

상극相剋

선이 굵은 사람을 선호해
애교가 많은 사람을 좋아해

애교가 불가능하고
선이 굵지 못하니
우리는 우리가 아닌 듯
How are you

앞의 남자를 보면서 다소곳이 앉아 웃기만 하는
여자를 보다가
운 적이 있다

('   ')
(,   )
("   ")
(.   )

갈수록 다치니까
우리는 처음인 듯

How are you

갖지 못해서 갖게 되는 것들이 있고
불행해져서 가보고 싶어지는 길들이 있지
나쁜 기억의 윤곽은
더듬거리기만 하면 금방 떠오르고
맞을 철퇴라면 걸음의 앞에 떨어지는 것과
뒤에 떨어지는 것 중 어떤 것이 나을까

무엇으로부터 피하려고
너무 자거나 안 자거나
너무 침묵하거나 떠들거나
너무 뜨겁거나 차갑거나
반대쪽으로 힘을 쓰는 사람이 둘 있고
이기거나 지거나
처음에 나는 영롱한 너를 갖고 싶었던 것인데
처음에 너도 그랬겠지

찾을 때 나는 여기에 없을 겁니다

기다리지 않기 위하여
기다렸으니

나는 안정을 유지하기 힘든 사람이고
너는 불안정의 형질을 타고났고 뛰어나니
남인 듯 어쩔 수 없이
How are you

어느 봄에 초연한 사람의 얼굴을 본 적이 있고
책상에는
몇몇은 죽고 더러는 삭제된 더러워진 전화번호 수첩이
놓여 있고
관련된 만듦새를 다시 만지고 싶은 날들
단단한 몇 줄로 설명하고 싶었는데
양 갈래로 아이의 머리를 땋아줄 때처럼
반씩 반씩 지거나 이기거나
불이고 물이니

너에 대해 묻지 않겠다

나에 대해 묻지 마라

정중하게 처음인 듯 남인 듯

How are you

멀리에서만 인사가 가능하다

끼리끼리

왜 그동안 신지 않았지 그런 신발이 꼭 하나 있다

누울 자리를 보고 다리를 뻗었는데 족쇄가 채워질 때를 이제 알 만큼 알지

그러니 결국 울고 마는 날들 그러나 울어도 안 되는 날들 그럴수록 나는 좋아 끼리끼리가 끼리끼리 말도 좋고 끼리끼리 모이는 것도 좋아 끼리끼리 소리를 내며 안 신던 신발을 꺼내 신고 물집이 생겨도 뒤뚱거리며 끼리끼리 쪽으로 걷는다

끼리끼리는 곧 나쁜 꽃을 피울 것 같다고 너는 말했지만

곧 피어날 꽃에 대고 나쁘다고 말하는 네가 더 나쁘다고 나는 말한다

탁해지고 싶은 날이 있고 그런 날에 무엇과 섞였는지도 모른 채 혼탁하기도 하지만 섞인 척이기도 하지

기억한다는 것과 기억난다는 것이 다르다는 것을 너도 알고 있니?

끼리끼리끼리는 털어놓을 수 있을 테니까 나빴던 것과 좋았던 것에 대해서

나쁜 것과 좋은 것에 대해서도 마아말레이드 마아말레이드 숙성 중인 것들이 있고

언제든 높은 곳에서는 나를 또 감식하겠지만

끼리끼리 앞에 서면 나는 대충대충,에도 물뿌리개로 물을 주고 싶어진다

마아말레이드 마멀레이드 마말레이드 입을 벌렸다 오므렸다 하면서 나는 나처럼 마아말레이드 발음하는 끼리끼리 쪽으로 밀착하려고 걷는다 모르는 것은 몰라, 말하지 않기로 하고 큰 말보다 작은 침묵을 뱉으면서 남의 음식을 먹어보듯이 말들을 씹어 삼키면서 너와 나의 다른 맛이 어떤 맛일까 궁금했지 알고 싶어져서

어떤 나이에는 책상과 책상, 의자와 의자, 사람과 사람의 배열을 넓게 하는 게 좋았지만

옹기종기 간격을 좁히고 앉고 싶은 지금 끼리끼리의 중심으로 가고 있는 나는 조금 더 외로운 게 분명하고

마지막이라는 말을 뱉고 나면 마지막이 완성될 것 같아서

치맛자락을 놓지 못하고 울기만 하는 아이처럼

고개를 숙이고 동류同類의 감정을 더듬어가며 끼리끼리의 우리를 찾으며 가고 있는 중이다

끼리끼리 안에서 만난 너는 오늘 나의 손에 **definitely** 단어 하나를 쥐여주었으며

확실히 나는 받았다 꼭 쥐고 있으라고 했다

우리를 이룬 무리 안에서 혈맹처럼

말단末端
― 계절마다 한 번씩은 보고 살자는 너의 말이 끝까지 따라
  온다

-0

식빵의 끝을 버리는 결심처럼, 이
음독飮毒과 음행淫行에 대한 결의決意,를 수식하면
좀 쉽고 가벼워 보이나 보는 눈에 따라서

(너무) 적게 먹고 많이 움직이는 것
많이 먹고 (너무) 적게 움직이는 것
생활의 혼란이 이렇게도 시작될 때

신중하게 세제를 고르는 여자와
여자가 바라보는, 세제를 고르는 남자
시각視覺은 그 남자의 세탁이 궁금해지도록 여자를 이
끌다가 그만, 그날이 가장 더러워졌을 때

실마리를 풀어갈 선한 눈동자를 마주하고 싶었는데
시선의 끝에는 어떤 낚싯바늘이 걸려 있는 것일까
끌어당길 때 무슨 일이 생기는 걸까
정점인 줄 알았는데 사실을 넘는 허구의 눈빛

언제나 양쪽 끄트머리에서는

각각의 입장에서 가감加減의 항변抗辯으로 적절한 기억으로 타당한 공포로 눈알을 부라리며 주고 빼앗거나 빼앗다가 주거나

나는 맨 끝으로 가려는데

보고 싶어서,라고 말한다

그러나 나는 있었는데 오지 않았는가 왜

끝으로 갈수록 누구나 너무 보고 싶었어,라고 말한다

그래서 차마 나는 없었는데

너 없이 잘 살 거야 빨간 물감을 풀어놓은 듯 나의 피가 좋아 보여

나는 눈동자를 굴리며 생각했지

수달의 까만 눈과 마주쳤던 유년의 장소는 물 댄 논이었나

그리고 모퉁이에는

약을 주고 사탕을 받아오는 가게가 하나 있다

0

피카소는 숫자 7을 결코 이해하지 못했단다 그는 항상
그건 우리 삼촌 코를 거꾸로 놓은 거야, 이렇게 말하곤 했
지*

들릴 때가 있고 보일 때가 있으며
말할 때가 있고
마음이 향하는 곳에 많은 일이 있을 예정이지만

해줄 수 있는 말이 없을 때 눈으로 듣고 귀로 말하는데

그리고 거기 있지 마 내가 가지 못하게
볼 수 없도록 감춰둔 게 깊어 보여서

보고 싶을까 봐 보지 않았던 것처럼,이

가고 싶을까 봐 가지 않았던 곳,을 수식하기를 멈추면
그쪽으로 걸어가 볼 수 있을까

그리고 무엇의 모퉁이에는
약을 주고 사탕을 받아 오는 가게가 하나 있다

나는 그 가게에 앉아 있다
저녁의 다른 이름을 '떠돌다 돌아오는 노을'이라고 짓고
개들이 신나게 집을 잃는 숲속에 있었다 눈을 감고

+0

지금 시야視野를 접고 앉아 있는
여기, 파란波瀾의 말단인가 말단의 파란인가

아직 무엇에라도 여지餘地가 보인다면
아직 아닌가

계절마다 한 번씩은 보고 살자는 너의 말이 끝까지 따
라온다

약을 주고 사탕을 받아 오는 가게가 하나 있다
서로 보고 있다
바라보는 것이다

* 영화 「지상의 별처럼」(2007) 중에서.

소녀를 버리는 효과적 소년

따라오지 못하는 소녀를 찾고 있어 사랑하려고
사탕을 녹여 먹는 아이와 아껴 먹는 아이와 뱉는 아이
에 대해 나는 다 알고 있거든

따라오지 않는, 못하는, 매달리지 않는, 못하는, 버려질
줄 아는 소녀를 찾고 있어
지루해지기 전에

소년은 지속적인 관심에 관한 일기를 오랫동안 써왔지
소년은 가시 돋친 몸 안의 돌을 알지 몸속에서만 자라는
돌, 놓지 못한 말이 돌로 쌓이는 하루의 무게를 알고 있
지 **우리가 나가서 뿔뿔이 흩어져서 따로 걸으면 몇 갈래
의 길을 만들며 갈 수 있을까 아닌 척 고민이 아닌 척 내
가 나를 속이려고 혼자 걸었지 일부만 제외하고 오히려
귀찮아** 소년의 마음의 일부는 어떤 범위일까

여기에 무엇을 쓰겠노라고 새롭게 쓰기 시작한
노트의 첫 장 이후에
엎질러진 물감 잉크의 흔적

소년은 다른 시간에 곯아떨어지곤 한다

따라오지 못하는 소녀를 찾고 있어 언젠가는 헤어지려고
너의 거친 피부가 좋아 걷는 너에게 운동화 끈이 풀린
건 말해주고 싶었어
질척질척하게 이렇게 범벅은 언제나 갈피를 잡을 수
없게 하잖아

섹스와 요리 이후 앙칼지다 다른 시선, 하품하는 눈, 눈
물짓는 코, 울상을 완성시키는 입, 걷기를 포기하는 발,
만지기를 싫어하는 손

따라오지 못하는 소녀를 찾고 있어 헤어지려고
소년은 처음에 느낀 게 거의 결말이라고 한다
따라올 수도 있다는 것은 따라오지 않아도 된다는 것
과 같은 말이니까
버린다는 것은 버려질 줄 안다는 것과 비슷한 말이니까

따라오지 않는, 못하는, 매달리지 않는, 못하는, 버려질

줄 아는 소녀를 찾고 있어 완전히 헤어지려고
　지루해지기 전에 잘 버려야 할 텐데 잘 버려지고
　다 버리면 간단해, 누군가는 말한다
　다,가 어디까지인지 모르는 소년에게

　사탕을 녹여 먹는, 아껴 먹는, 뱉는 아이가 자라 사탕
을 녹여 먹는, 아껴 먹는, 뱉는 여자가 되는 것에 대해 생
각하면
　소녀가 잃어버린 귀고리 하나를 다시 한번 여자가 더
버리듯이
　소리에 거는 고리처럼 관련된 추억이 달라붙는 걸 확
실하게 버리기로 한다
　호치키스를 찍듯이 꽉 붙잡았던 것들을
　매몰차다는 것들이 일시에 들이닥치듯이

　매달리지 않는 소녀를 계속 찾고 있어 사랑하려고 **나
는 버리지 않겠다고 영원하겠다고 말하지 못해 너는 손
가락을 또 내미는 거니 나는 걸 수는 없어 나는 잡은 손
을 놓을 때와 놓칠 때의 효과에 대해 다행히 알고 있거든**

소년은 버려질 소녀를 만들고 곧바로 버리는 방법과 버린다 소년은 소년의 입장에서 효과적이다

맹盟

〈녹색이자 청색이자 적색/거의 적색과 녹색과 청색/
청색에 덧칠한 녹색에 덧칠한 적색/청색에 관한 녹색
에 관한 적색/청색 대신에 녹색 대신에 적색〉(GREEN
AS WELL AS BLUE AS WELL AS RED/RED AND
GREEN AND BLUE MORE OR LESS/RED OVER
AND ABOVE GREEN OVER AND ABOVE BLUE/RED
IN RELATION TO GREEN IN RELATION TO BLUE/
RED IN LIEU OF GREEN IN LIEU OF BLUE)*

그럼 여기서 나가!
　　　나 죽을 때 옆에 있지 마**

日 月 日 月 日 月 日 月 日 月 日 月 日 月 日 月 日 月
日 月 日 月 日 月 日 月 日 月 日 月 日 月 日 月 日 月
日 月 日 月 日 月 日 月 日 月 日 月 日 月 日 月 日 月
　　　　　　　　血

日 月 日 月 日 月 日 月 日 月 日 月 日 月 日 月 日 月

日月日月日月日月日月日月日月日月日月
　　　　血

日月日月日月日月日月日月日月日月日月

日月日月日月日月日月日月日月日月日月

日月日月日月日月日月日月日月日月日月

血　　血　　血　　　　血　　　　　　血

日　　月　　　日月　　　　　　盟

血　　　　　血

거듭나다 거듭나기 위하여 거듭나다 피의 약속으로

* 타이포그래피 텍스트 작업을 하는 개념미술가 로렌스 위너Lawrence
Weiner의 1972년 작품.
** 영화「러브 스토리」(1970)에서 죽어가는 제니퍼가 올리버에게 한
말.

베란다 B

너는 항상 베란다 B에 있다 서 있다 기다리고 있나 보다
나는 항상 베란다 B에 있는 너를 향해 가느라 있다

~답게 ~답지 못하게 인정할 건 인정해야 수월해지고
실체는 실재적으로 몸을 회복해야 쾌청하다며 너는 말했
지 다행이다 너의 쾌청
거울 앞에서 너는 무슨 생각을 하니? 처음에 나는 나를
생각하다가 너를 생각해 너는? 나는 내 얼굴을 바라보다가
나에게 깃든 너를 바라봐

너는 아직도 베란다 B에 있다 서 있다 잠시 앉았다가
또 기다리나 보다
나는 아직도 베란다 B에 있는 너를 뒤로 못하고 앞에
두고 가느라 있다 바라보고 있다

우리는 나열되느라 너와 나는 무수하게 줄을 서 있거
나 여러 번 반복적으로 놓여 있고
시간이 매듭지어놓은 딱딱한 꼭짓점들이 우리의 구도
를 미완에서 완결 쪽으로 그리고 있고

나는 발코니 A를 찾아가는 길목에서 전봇대 뒤에서
내장이 쏟아질 듯 울고 있는 한 여자를 본 적이 있는데
남자는 저만큼 점點이 되어 멀리로 가고 있다고

웅크리고 있는 여자를 울음의 선혈이 붉게 한 번 더 감
싸고 있었다
어둠 바깥으로 두번째 자궁의 내막처럼
그리고 노을이 번지던 저녁
빨대로 불어 띄우던 본드 풍선처럼
소리가 붉었다 만지면 끈끈하게 색이 몸이 되어가는
것 같았다

너는 항상 베란다 B에 있고 베란다 B는 어디에든 있고
너는 기다리고 있고 나는 너의 무엇을 계속 향해 갈 것
이다
발코니 A라고 했는지 베란다 B라고 했는지
망각보다 우리가 더 가능해질 때까지

목도目睹

가봤어 가보면 분명해질 것 같아서
죽기 전날 가장 곱고 예쁜 얼굴이 된다고 했지 젊을 때
처럼

밖에만 서 있던 당신을 이해해
밖에서 멍하니 기다려보고 나서야

가장 마지막에 귀가 닫힌다고 했지
죽음을 지키던 호스피스 병동의 상징어였지
계속 끝까지 소곤거리라고 했어

비누를 쪼아 먹고 죽은 새
남은 말이 없는 변호사
망치질을 멈춘 목수
나는 보았다
사람들은 묻었다고 하는데 날아오르는 것들을

바득바득 규칙을 지키는 개
다친 발을 핥다가 지정된 욕실로 들어가 배설을 하고

한 남자는 전봇대 뒤에서 싸고 있다
나는 예의 없는 추레한 욕구를 다시 바라보았다

과감해진다는 것은 갖춰 입었다가 갖추려 한 것을 한 번에
벗는 일이었을까

정말 마지막은 쉬운 마지막이 아니었다는 것을
남아 있는 자들은 못 봐서 모르나 보다
번민과 회한이 제대로 눈을 뜨고 이끌어나가던 날들을
오늘만 사는 자들은 직접 보지 않아서 모르나 보다
삶에 부족한 것이 시간이니까 거기까지 관심은 없었나 보다

나는 눈알을 파먹는 생태계의 모든 동물이 궁금해졌으며

너의 언어가 나의 언어와 다르다는 것을 알게 된 후
너를 바라본다 너의 눈초리와 비슷하게
네가 알고 있는 것을 보는 것처럼 의심의 눈초리를 지

우고

　두 눈을 뜨고도 분별하지 못하던 것들이 보이는 때가
오고 있다
　눈여겨보려고 한다

두루두루

그는 대부분 두루뭉술하다
그는 두루두루,라는 말을 자주 사용한다
그는 또한 외향적이다

그것이 정말 원만이라는 걸까

둥그런 연못의 가장자리를 맴돌며
격앙된 것을 잠재우려 계속 걸을 때
두루두루 가까이 걸어갈 때
ㄹ을 발음하는 내가 모서리를 지우며
서서히 원둘레 같아지기는 하는데

표정이 그대로 드러나는 표현들로
곁이 곁을 부르고 어깨와 어깨가 닿는 일
두루두루,는 다같이 진짜일까

나는 쉽게 여러 친구를 두지 못한다
나는 쉽게 연합하는 정신의 배후가 의심스럽다

그는 언제나 두루뭉술하다
그는 두루두루,라는 말을 아주 좋아한다
그의 외향은 나의 내향을 문제 삼는 듯 하는데
그럴수록 내향은 외향을 더 멀리한다는 걸 말해줄 걸
그랬지

나는 나의 전체를 지체시키는 것들 속에서 전진한다
타협에 관한 어려운 이야기처럼

소속이 어디인가, 그에게 질문을 받을 때마다
나는 나에게 반복적으로 귀속되며

누구에게나 좋아하는 중요한 무렵이 있고
모퉁이를 돌다가 틈새에서 만난 작은 꽃처럼
만나기 위해서
지나오며 흘려들었던 음계들을 깨끗하게 지운다

봄이 오면 멀리로 떠나겠다는 결심은
또 새가 물고 가고

결심은 반복되지만 똑같은 결심은 없었으므로

다시, 독방에 앉아 또렷하게 뾰족한 끝을 보기로 한다

누군가

누군가의 가정이 확고해질수록
누군가는 외롭다는 말을
누군가는 오늘 혼자가 되어서야 알게 된다는 것을
누군가 말해주었을 때
누군가는 듣지도 믿지도 않았다
누군가는 그따위 상관없다고 생각했다
누군가는 혼자가 좋다는 태도로 미처 알지도 못하는
말을 내뱉었다
누군가의 가정이 확고해질수록
거리의 누군가는 더 헤매고 있었으며
독방의 누군가는 손톱으로 벽을 더 긁고 있었으며
버리고 떠난 걸 후회하는 누군가는 자신을 던지기 위
해 절벽을 향해 더 힘껏 오르고 있었으며
치료 중인 누군가는 다양한 병실에 번갈아 누워 죽을
기다려야 했으며
잘 죽기로 한 누군가는
잘 살기로 한 누군가는
누군가의 말의 속까지 들릴 때에 누군가를 이해하기
시작했으며

누군가의 가정이 확고해질수록

누군가는 그 옆에 자리를 잡고 이웃이 되고 싶어지기도 했으며 떡을 돌리고 싶어 했으며

누군가는 앞마당의 나무 아래 둘러앉아 음식을 나누며 누군가의 소식을 전하고 싶어졌으며

누군가는 비슷한 이야기를 들으면서 누군가를 떠올리고 있었으며 고향 쪽이었으며

누군가는 누군가의 말에 의해 또 누군가는 누군가의 말이 되고 누군가는 누군가의 말이고 누군가는 누군가가 되어가고 누군가는 누군가이고

누군가는 손목에 바늘을 꽂고 수액樹液을 공급받으며 누군가를 위해 누군가는 누군가에게

다음의 바탕

너는 나보다 다섯 살이나 적으니 아무래도 나는 너보다 다친 곳이 많겠지 그래서 겁이나

다 내어 줘버릴 것처럼 나는 자주 여백에 사로잡히고 있어

이번에는 나를 유추하는 과정에 계속 갇혀 있고 무엇에 의해 전체가 분명히 좀먹고 있는데 전조로만 존재하는 부분적인 나는 그어놓은 금을 넘지 않고 나의 색은 너의 세계로 번져가지 못해 혼합되지 않지만 테두리를 지우고 수락하는 자세를 따라해보려고 했지만

도대체 마침내는 얼마 후에 더 감격스러워지는 말일까

부분을 버리다 보면 (스스로) 되어가는 바탕

입안의 씨를 뱉는 순간을 좋아해 먹고 버렸다는 사실이니까

색의 감각은 입지도 않을 옷을 욕심내기도 하지만

혼자 가득한 날에는 하얀 면에 아가의 코를 먼저 그려놓고 함부로 개입한 너를 버리지

꼭 맞는 아빠를 찾고 있는 중이야 아가야, 누구를 닮게 그릴까 아빠로 누가 좋을까

주기가 반복되어 사실이 되어갈 때가 있는데 실패의
주기는 더 사실적이지 첫번째 실패는 누구보다 다음을
믿지 않았고 죽지도 않았는데 벌써부터 몸은 이장을 꿈
꾸기 위해 노래해 약골인 남자가 근육을 품고 날씬했던
그녀는 뚱뚱해지고 시간이 지금 다음에 어떻게든 만들더
라고 몸이라는 현실 가변적인 그 사실 나의 몸들은 모두
가 주인공이지만

  오늘이 어제에게 내일이 오늘에게 물어보거나
  내일이 내게 말하지 너를 기억하지 않겠어, 그래, 나를
지워줘
  어제가 오늘에게 오늘이 내일에게 귀띔해주어도
  언제나 다음에는 누가 죽지
  여백보다 넓어지는 바탕, 전체가 되어가는 여백

  그러니까 비가 많이 내려 길을 잃기 좋은 날에
  덧칠된 수채水彩의 찢어진 바탕이라도
  썼다 덮어 쓰고 그렸다 지우고
  다음에는 마땅히 다음의 바탕

깨끗한 총각

그러니까 나는 당신의 여자를 사랑한 것이다

더벅머리 총각 숫총각 깨끗한 총각 대머리 총각
깨끗한 총각으로 깨끗해질 수 있을까요

순결은 빵 부스러기 같은 거라 처음 보는 사람이 먹는
거야*
동화책처럼 딱딱한 페니스는 없을 거야 난 육체와 자
아를 읽고서야 알았어 정신과 의사에 의하면 상상한 걸
실행하는 게 정신 건강에 좋대**

속삭여주던 nice guy
당신은 사티로스Satyros로 변해가는데
스물두 송이 중에서 세 송이가 떨어졌을 때까지는 몰
랐지
여섯 송이의 꽃이 떨어질 때쯤 눈치를 챘나
연애나 좀 하면서 살아,라는 말을
나는 사랑만 하면서 살 거예요,라고 받아친다

99명과 교접한 몸을 한 몸에게 올인할 수 있을까요
한 몸과 교접한 마음을 99명과 나눌 수 있을까요

빈방이 남아도는 외진 곳
흐뭇하게 편안하게 웃는 웃음소리가 평안을 더 데려올 때
봄의 은행 여름의 은행 가을 지나 겨울의 은행 빈
너무 오래 좋은 일이 없었다

병 속에 담긴 향유고래의 성기를 보았다 1.6미터 68킬
로그램 그래도 나는 당신의 유두를 사랑했다 종마의 성
기는 사람과 닮았고 스페인에서 소의 고환은 남녀 모두
에게 효과 있는 최음제라지만 그래도 나는 당신의 유두
만 사랑했다 붉은등검정거미 암컷은 교미 중에 수컷의
몸에 날카로운 송곳니를 박는다지 암컷은 수컷의 머리를
먹고 머리를 먹인 채 수컷은 교미를 계속하고

수틀리다
그러니까 나는 당신의 여자를 사랑한 것이다
당신은 사티로스로 변해가는데

그 누구의 여자도 아닌 나는
당신의 유두만을 사랑하는 여자 아닌 여자

내가 사랑한 당신의 충혈된 젖꼭지
나는 다시 유아乳兒처럼 젖병에 담긴 분유를 빨았다

여아女兒처럼 바비 박물관에 가고 싶었다

깨끗한 총각으로 깨끗해질 수 있을까요

* 영화 「모넬라」(1998) 중에서.
** 영화 「누드걸」(1995) 중에서.

다루어지는 수태受胎

 메콩강 수박 감별사는 소리와 무게로 좋은 것을 골라
낸다 맑고 무거운 것, 잘 자랐다고 했다 수컷 오리는 암
컷 오리의 목을 물고 올라타서 짝짓기를 시작한다 그와
갔던 곳만 가게 되는 그녀를 데리고 가는 것은 무엇일까
아가야 관계를 다루는 소문에서 들려오는 잉태의 소식들

 준수한 소년의 바른 생활을 줄곧 따라가보면
 성장판이 닫히고 어디쯤에서는 계속되는 숱한 수태

 할머니가 되려면 먼저 아들이나 딸이 있어야겠지 하늘
을 날아본 적 없는 할머니가 비행기,라고 말하면 그때 나
는 하늘이 더 잘 보인다 나는 할머니는 될 수 없다

 그는 그녀를 기쁘게 할 순 없을 거야
 그는 그녀를 덜 슬프게 할 수 있을 뿐이야
 그랑, 그랑 쓴 일기를 종일 읽고 있어

 아가들은 내가 다 재웠는데 나는 무엇이 재우나

그는 기록되어 전달되는 것들과 우편에는 관심이 없고
그는 아가들의 몸에 붙은 들뜬 우표를 살살 떼어낸다
그는 그녀랑 있지 않아도 돼

그러한 차원에서 누렇게 변색된 백지
어떤 곳에서는 크지도 작지도 않은 접시 맞지 않고
잊고 있던 사이즈는 깊이 있어서 몰랐던 것인데
다문 입술은 복고의 복고

그녀는 그와 관련된 어떤 것도 낳지 않겠다고 했다
모두 적을 수 있을 때까지

쇠잔의징조입을닫은종말꿋꿋하다낡은구두와성기
빈번하게 다루어지는 수태

어버이날과 어린이날을 몇 번 더 지내고
어둠 속에서 그는 수음 후 울음 뒤 죽음으로 향했다고
전해지고

모르는 아이들의 우는 소리마저 듣기 싫지 않을 무렵
그녀는 그녀에게로 올 그녀가 주는 선물의 주인이 되어
기다리네

III
구구함과 연연함을 이기려는
두번째 욕조

갱생更生

의자의 위치부터 바꾸는 것에서 시작한다
적합한 단어를 고르다가
갱생
이런 것들이 있었다
재활용 회복 회생

엘리베이터를 타고 노는 아이는
꼭대기 층에서부터 아래층으로
며칠은 아래층에서 꼭대기 층으로

버튼을 누르고 노인은 오래 기다렸다

늙지 않으려는 목소리는
혼자 늙어가는 걸 숨기느라 상냥할 때가 많은가

불을 삼킨 개미 떼처럼 택시가 모여드는 자정 또는 흩
어지는 자정
일찍 잠들어 있는 가정과 도착하지 않는 가장들이 이
동하는

자정으로

길 위에서

2인 1조 구걸의 합심이라도 필요할 때가 진짜 벼랑인가
눈동자의 초점이 사라질 때 마구 흔들릴 때
변화 소생 재생

눈을 한번 떴는데 순식간에 꼬물꼬물 아이들을 낳고
이루어지는 가정들을 본다
곤경은 외경의 불빛을 기웃거린다

호모사피엔스는 꼿꼿해야 할 의무를 지녔는데 집에 가
고 싶은데 갈 수가 없어 싶은데 슬기롭고도 싶은데

어떤 시간이 완전한 과거가 되는 때는 언제인가

행커치프를 꽂고 오너라 꽃반지를 끼고 오너라

의자의 위치부터 다시 바꾸는 것에서 시작한다
적합한 단어들을 다시 고르다가
갱생

걷다가 다른 것이 되고 싶었다

제라늄처럼

그리 쉽게 병들지 않는다고 해서 받았다 그리 쉽게 상
처받지 않는다고 해서

그런데 까맣게 타들어가고

아껴 써야 하는데 먹는 속도가 곰팡이의 속도를 따라가
지 못해서 자주 버렸다 버리는 나를 버릴 수 없기도 해서
　독서와 식사의 습관을 되찾아야 하는데

제라늄은 장식적이고
에둘러 말하곤 해왔는데 다시는 안 그러려고
두근거리지 않는다면 잠들 수 없어 무엇으로든

무르기 시작하는 줄기들

꽃의 이미지에 기대어 질이 필요한 것들이 있지 질이
비현실적으로 거쳐서 지나가면서 끝까지 도달하지도 못
하면서 통과할 수도 없으면서 생식生殖을 대하는 방식이
본질적으로 그런 거라면

등을 돌리고 형편이 좀 나아지면 손잡아줄게

지금은 눈앞에서 잠시 사라져야 할 때
질문하는 자가 보이지 않고 대답도 들을 수 없고 원하
는 대답은 해줄 수 없는데
보살피고 싶은 상한 것들이 나타나면 나타날게

얼룩지고 찢어지는 꽃잎들

제라늄은 장식적이고
제라늄은 여러 빛깔로 화려하고
두 팔을 벌려 이제 허공이라고 부를 것들을 안으면
진딧물은 진딧물이고
'꽃보다 아름답다'는 말 속에 살고 있는 사람들
아무 일도 없었다는 듯이 제자리를 찾는 일들이
제라늄처럼

버려질 나는 아름답다

핏줄들도 버리려고 할 때
비극의 끝을 걷고 있는 것만 같아서 센티멘털
누구에 의해서든 버려질 나는 아름답다
아닌 건 아니고 누추하지만
살면서 어떤 바닥이 제대로 절정이 되어줄 수 있겠는가
몇 번이나 응원이 더 필요한 계절을 지나올 때도
오늘의 바닥에 닿지는 못했다
여분을 믿는 것처럼 주머니를 뒤집었다

이르고 도달해 나를 다 즈려밟고 지나가야 할 길
누구에 의해서든 압축되어 버려질 나는 아름답다
사람을 위한 과일이라기보다는 새들을 위한 열매인 듯
하늘 바로 밑에 나무 꼭대기에 매달린 노란 모과를 보
았을 때
주인인 줄 알고 살았던 나의 생生에
객客으로 초대받는 느낌이었다고 고백하면서
불러줘서 고맙다고 인사하면서
또, 나를 믿어주는 사람들로부터 체온을 나눠 받는 혹
한이다

다 쓰고 씌어지고 버려질 나는 아름답고

버려진 후에도 그 후에도

몸에 집중하던 사람이 정신을 처음 마주하는 낯선 순
간처럼

정신에 몰두하던 사람이 몸을 처음 이해하던 그날처럼

제2의 암흑기 이후에

몇 겹의 어둠이 옴짝달싹 못 하게 더 에워싼 후에 꽁꽁
묶인 후에

가장 밝은 것으로 나를 반짝이다가 나는 아름다워질
거야

그리하여 이미 지나온 시인의 시에서

모르던 시간을 읽으면 나는 곧 후회로부터 긴 회한의
울음이 되어

버려질 나는 아름답다

기원祈願의 형태

기다렸으나 못 보고 안 태우고 가면 어쩌지
정류장에서 오지 않는 막차를 혼자 기다려본 밤처럼
그냥 지나치면 어쩌니 나는 여기 있는데
지나갈 어떤 날은 오늘의 비극보다 가혹할 것이고
사는 동안 출생의 의혹을 다 풀지는 못하겠지
몰라도 죽을 때까지 모르겠지

: 울음이 격해지는 걸 보니 나에게 무슨 슬픈 일이 벌
어졌대요?
프릴 달린 원피스를 입고 싶은 날에는 조심해줘요
기구崎嶇하다는 것을 경험해보지 않았으니 험난한 것
에 특히 신경 써줘요
봉변이란 당하는 것이니까 유인해 온 자가 있었겠지만
산이 몇 개나 더 남았는지 헤아릴 수는 없는 것이라
죠?
아무렇지 않다고 말할 수 없는 걸 보니 나 아무렇지 않
은 게 아니래요?
스스로 진동이 되고 파문이 될 때까지 잠잠히 있으라
니 있겠어요

잠자코 있기야 있겠지만

: 수모受侮에 가까운 나로서는 가장 낮은 마음이라는
것만은 아세요

비참했던 모든 것을 다시 해보자 한 번으로는 부족해*

그렇고말고 그럼 다 감추고 수다쟁이 숙녀처럼 더 유
쾌해야지
　주위를 위해 처음의 아이처럼 명랑해야지
　여러 가지 나쁜 점을 참기로 결심한 듯이 움직여야지
　시간과 여력이 없어도 충분히 있어주려고 하다가
　가기 전에 입을 모아 입 맞춰주는 모양으로
　가호加護처럼 호號해, 호~ 해줄게
　동냥 바구니에 던져지는 동전 몇 개가 되더라도
　나는 바랄게 너를 지탱할게

: 열량이 높은 과자를 조심해야 한다고 가사를 가르치
던 엄마가 말했지만

돌아오면서 생각했지 열량이 높은 과자보다 멀리해야
할 것은
뚱뚱한 이름만 남은 나 또는 너
자꾸 겉이 뚱뚱해지려고 알차던 속이 죄다 말라가는
나 또는 너는 죄

그러므로 내가 바랄게 네가 나보다 획득할 수 있게
그것은 '흔쾌히'와 관련이 깊은 입김의 형태일 수도
있고
둘을 잇던
안정을 되찾게 하는 숨결의 모양
새끼 강아지를 핥아주듯이
이후로 영원히 가히 그렇게 갖춰질 것이고
차근차근 나는 상의하듯이 그 형태를 더듬는다
겁을 많이 먹는 부족한 나에게 더 많은 걸 준 누군가가
너는 또 할 수 있다고 등을 떠미는데 누구신지 누가 분
명히 있긴 있었는지

지금은 촉촉이 비와 햇빛이 함께 내리는

알 수 없는 기원의 형태와 닮은 아침

나에게는 그것으로 너에게는 그것으로 공평하게

그리고 또 누군가에게는 무엇으로

* 사뮈엘 베케트 원작, 연극「크랩의 마지막 테이프」중에서.

주장하는 사람보다는

주장하는 사람보다는 라운드 걸을 좋아한다
나는 오늘 천정조 씨가 수확한 딸기를 먹었다
산청군에 사는 그가 재배한 딸기라고 포장지에 적혀
있었고
주장하는 사람의 말보다는
천정조 씨의 결과인 딸기가 달콤하고 싱싱해
오늘의 나는 그 어떤 말보다 몸 안에 들어온 딸기를 더
믿기로 했다

주장하는 사람보다는 영향을 끼치는 사람 쪽에 가깝게
나는 주장하지 않기 위해 살다가 웅얼거리며 뒷걸음치는
날이 늘고 있지만 주장하는 사람의 반대말이 주장하지
않는 사람은 아닌 것 같고 그것은 연상과 흡수의 순간인
것 같고

지금 '늘푸른교실 실버 1반에서는 사용하지 않는 실로
폰과 멜로디언을 수집합니다'라는 광고를 읽다가 설명할
수 없는 여운 때문에 말로 캐내는 사람의 태도는 모른 척
하며 가고 싶고

나는 바라보면서 못 가본 곳들을 상상하기 위하여
주장하는 사람보다는 낡은 구두를 벗고 구두 병원에
앉아 있는 사람을 좋아한다

스며들도록 하는 사람이 주장하는 사람의 반대쪽 사람
이라고 나도 말을 하고 싶었을까 주장하지 않는다고 의
견이 없다고 보면 곤란해 굳이 전해야 한다면 말하고 돌
아간 뒤에 천천히 스며들도록 해주는 게 나는 좋고

어둠에 불을 놓기 위해 양초를 찾다가
잘 올라가지 않던 지퍼에 하얗게 초 칠을 해주던
아버지가 생각날 때처럼
주장하는 사람보다는 나는 사람보다 부드러워지고 싶
었고

돌보는 부류

앞 문장이 뒤 문장을 튼튼히 받쳐주고 먹이는 것처럼
배고픈 나를 당신이 굶주린 당신을 내가

하나가 되는 것처럼 나의 입김이 너의 것이 될 때까지
기세, 결핍, 시련, 속도 같지 않아 그래서 남이야 너야 나
야 인정하기로 하지만

경사와 온도를 동시에 가늠하게 될 때 영점零點으로부
터 툭, 떨어져 마이너스 지대에 놓이는 사람들 속에서 빠
져나와 언 벼랑을 지우려고 보면 내가 잘못해서 밟은 꽃
들을 할머니가 쪼그려 앉아 쓰러진 꽃대를 세우고 흙을
다독거리는 그림

아는 것인 줄만 알았던 몰랐던 것인데 또 모르고 밟는
순간이었나

꽃잎을 설명하는 동성의 친구들은 체감이었으나
꽃잎을 떼는 이성의 친구들은 시리고 시려
똑똑, 떼기, 뚝뚝, 꺾기, 숨기는 것처럼 내게만 말을 안
해주는 것처럼 그럼 다시는 안 볼 것처럼 한기寒氣의 온
도를 잊지 않기로 하며 흘려버리기로 했는데

나는 설탕을 한 스푼 뜨다가 흘릴 때를 좋아하게 되었
다 멀리서 한 무리가 오고 있을 거라는 생각이 개미들보
다 먼저 걷기 시작하므로 나를 향해 달려오는 민첩한 발
들이 있다고 믿으면서 기다리다가 줄지어 오는 발들이
도착하면 따뜻한 털신을 신겨야지 먹여야지

똑같이 나누자면서 10에서 절반이라고 내 손에 쥐여준
것은 돌아서 보니 6이었다 누군가 배려의 계산을 가르쳐
줄 때 아무렇지 않게 두고 온 것들이 궁금해지기 시작하
고 어디쯤 살고 있을까

불균형과 냉기를 찾아 왕진 오는 손들이 있고 산파들
이 미끈거리고 뜨겁고 붉은 곳에서 조심스레 꺼내고 있
다 따뜻하다 돌보는 부류다

배경음악

sound off

心

          情

천

사

의

활

동

dear 심장

궤도軌道

미루나무 꼭대기를 바라본 지도 오래
방금했던 동작을 금방 또 하는 것 같았는데
예정이었던 것들은 다 지나가버렸고
미정이었던 것들은 어떻게든 정해졌고
오로지 확정되지 않은 것은 떠도는 자의 방향

제대로 물어봐주지도 않고
봄이 왔다고 겨울을 잘 지낸 나무들을 절단하는 사람들
죽은 줄 알았던 나무에서 싹이 돋는 걸 목격한 나로서는
나무를 향해 입을 크게 벌려 묵음으로
(살았니 죽었니 살았니 죽었니) 물어봐주면서 길을 걷는다

더러 나도 끝날 때라는 걸 알고 있다
그래서 끝낼 때라는 걸
이렇게 끝나왔지 이렇게 끝나고 말지

구애拘礙받지 않고 구애求愛를 받아들였더라면
야무지게 꼭꼭 씹어 먹으면서 살 수 있었을까
나는   향해 입을 크게 벌려 묵음으로

(가졌니 놓쳤니 이뤘니 놓쳤니) 물어봐주면서 후진하듯 길을 걷
는다

갈수록
실패의 축적에 주목할 것이며
초라해지는 살림살이의 구석구석 먼지를 닦아낼 것이며

거꾸로 걸린 액자 찢어진 수건 뭉툭해진 못
구부러진 등을 펴고 정돈할 것이며

떨고 있는 것들과 곧 한 이불을 쓰고 싶어질 것이며
예정과 미정 사이를 오가며 다시 확정되는 것들을 위
하여
굴러갈 것이다 앞으로든 뒤로든

의지의 광경

불행의 아가미
어제 열어둔 창문 잊고
무심코 열어젖힌 커튼
햇볕 아래 다시 바라보게 된 주름들
언제부터인가 꼬부라지는 발가락들
칼슘과 볕의 나날들

다 보이는 속임수의 구슬들 굴러간다
안 보이던 기다림의 기대가 지워진다

비 오나
젖은 귀뚜라미 울고
젖어서 우나 울어서 젖었나

결정짓는 비웃음의 깊이
상관없는 시간을 사는 사람이구나
형편이 없어도 모양이 빠져도
불끈, 가누고 싶은 마음들

때가 가득 낀 손톱 밑
그것을 그림자라고 한다면 믿지 않을 것이다

의지의 광경은
시간 뒤의
지난 후의
윤택을 위하고
밝고
넓다

그 정도쯤은 되어야

의지이고

광경이다

구구함과 연연함을 이기려는
두번째 욕조

무서운 일이 벌어질 것 같은 냄새
슬픈 일이 일어날 것 같은 소리
나는 이런 식으로 이것들을 예감이라고 했다
얼룩의 언어로만 말하고 싶어질 때면

깨끗이,를 바라본다 두번째 욕조에 몸을 담그고

기쁜 일이 있을 때만 전하러 갈게
죽을 때가 가까워오면 못 입어볼 옷이 어디 있나
더럽지 않게 빛깔도 선명하게 가지런히 걸어놓았구나
어디 골라 입어보자꾸나 수의壽衣 이전에

먹는 것도 말끔하게 개운하게
그것을 맛 다음의 참맛이라고 말하자꾸나

나에 대해서도 남기지 말고 자취도 전혀 없이
하, 그런데 그러려는데 참 누가
두번째 욕조까지 따라와서 함부로 발을 담그는구나

덧칠한 색들 때문에 덕지덕지 더티더티
씻기지 않는 첫번째

또 한번 색을 빼겠습니다

나는 당신의 무엇에 대해서 뭐라고 하지 않잖아요
왜 당신은 나의 무엇에 대해 뭐라고 하나요

그럴 수도 있는 일에서 잊고 싶은 일로 변화하고 있을
때는
뒤와 속을 알고 나서
그래도 깨끗이,를 바라본다 욕조에 얼굴까지 담그고

후유증도 없이 말짱해지자꾸나
무엇이 무엇에게 뭐라고 하든지 허물없이
두번째에는 구겨지지 않는 표정을 지니고 있자꾸나

Born again

사라지는 시간의 구름 위에서
겁이 나 참았던 많은 말이 기다렸다는 듯 내려앉습니다
엿보는 역할을 맡은 주연의 눈에게
멍하니 바라보던 조연의 내 눈이 찔린 적 있어요
영향이었을까요 나는 공중의 방향과 남아 있는 확률에
대해서만 생각했습니다

세계는 거대하고 생명은 순환하고 사방은 즐겁지만 내
앞에서는 불발이 되는
놀이가 되지 않는 불꽃
극도의 내향이 알을 깨려고 움직이면서부터 구석과 구
멍과 동굴에서 들려오는 신음을 직면한 느낌으로 세상은
돌고 있습니다

죽음의 묘사는 삶의 의지를 가르치는 경우가 많다고
하셨습니까 가르치는 자와 배우는 자의 입장은 정해져
있지 않다고도 하셨고 (본) 자와 두 번 (본) 자에 대한 첫
번째 이야기를 들었을 때 나는 힘줄 같은 결심을 다짐하
듯이

뿌리를 모르고 지내는 사람을 몰래 사랑하기로 했습니다

나는 고아가 아니고 노숙을 해본 적 없지만 해 (본) 사람 달 (본) 사람 별 (본) 사람 가르치며 (본) 사람 못 (본) 사람 다 (본) 사람 그리고 나는 이제야 사람 그러므로 빨갛게 기쁘게 흐느끼는 방법을 배우고 싶어졌습니다 죽음 앞에서 다시 (본) 사람은 (본) 사람보다 강하다고 적고 말겠습니다

다시 (본) 사람은 엎드려 등을 내밀고 딛고 일어서게 해줍니다

담장 밖에 있는 것들을 못 본 것들을 더 볼 수 있게

이미 (본) 것을 후회하는 사람도 도움닫기 하듯 뛰어넘을 수 있게

다시 태어나게 해줍니다

진통이 시작되면 자궁의 문은 열릴 것입니다

그 나무의 형용사

표현은 이름을 덧씌워 반죽하는
알맹이 밖의 것의 이름들이라고 하겠다
슬픔을 매기는 %
작부酌婦의 가랑이 밑에 떨어진 ₩
베끼는 것을 베끼려는 욕망의 체體
벗기고 벗기려는

어느 것이든 완전일 수는 없는데

없어서 벌서는 사람들 옆에 그 나무가 초록의 팔을 올
리고 함께 빛을 받아 나누고 있습니다

왕관 아래 가난하고 멋진 모자

독해讀解는 개인의 간호사

그 나무는 접속사도 감탄사도 지우고
그림씨, 어떻씨 다 알면서도 제쳐두고

모양,성질,크기,색깔,개수
꾸미지 않으려는 그 나무의

결례인 할례는 결례라 아프다 결의를 한 번 더 다짐하
게 한다 어둠이 반쯤 가리고 나니 새롭게 생기는 침묵의
뉘앙스
허공이라든지 허방이라든지
음색명도채도맛느낌인상어감의
  : 차이

어제의 반복이 미래의 대체일 수 없을 때 오늘은 대체
무엇을 하고 있었던 것일까

왕관 아래   모자

너의 문 앞에 가서 입김을 불어 물음표를 그린다
구멍 난 내복의 겨울의
버려진 아이들이 패스하고 토스하는 해그림자처럼 움
직이는

가지고 놀 게 없는 저녁의

왕관 위의 어른의 이쑤시개

과장되지 않은 그 나무의 형용사
초록 스타킹을 신고 모자를 쓴 피터팬의 이름으로 쓰는

왕관 아래   모자

배려에 밑줄을 긋고 인용하는 사람은 그 나무보다 배
려를 모르고 있고 아무것도 모르는 자세로 기회를 모르
고도 임의로 섞일 줄 아는 아이들이 그 나무 아래 있고

계획적인 배색과 배치는 훨씬 전부터 누가 해두었는가
그 나무는 접속사도 감탄사도 지우고
그림씨, 어떻씨 다 알면서도 제쳐두고

그 나무의 형용사

보드랍게 내려앉아 닿고 있는 그것을

형용하기도 쉽지는 않습니다

보드랍게,보다도 가루 같습니다

겨울에 씌운 모자

겨울이 씌운 모자들

왕관 아래   모자

지워지는 인칭

나와 너를 흔들어 섞는다
나와 너, 우리는 인칭을 지워가며,입니다
지워지는 인칭
구별 없이

질문과 의문에 대한 대답은 구분 없이 사람입니다

박수를 치며 이루어낼 것들에 대한 전조
미처 알지 못했던
몇 겹을 입게 되는 의미의 진작振作
걸음마를 배우는 첫 사람처럼 걸어봐야겠지

그래도 되는 시간이 있고 도저히 안 되는 시간도 있고
나는 마당에서 그네를 타고
너는 59초에 다음의 분分이 오는 시時에 합류하려 몸
을 틀고 방향을 바꾸고
지워지는 시공時空
구별 없이

나는 주어진 역할의 방향키에 손을 얹어보고
　　,에게 남아보려고 합니다

검버섯이 생기는 자정 넘어 반복적으로 불면의 오후
일기도 쓸 수 없이 구석으로 밀리는 날들
세대 간의 문제는 시간과 맞서는 방식의 차이였을까
나는 네게
왜요, 했는데 다음 행동이 되지 않는다 대상에 관한 문
제였을까

어필하려 하지 않아도 어필되는 것이 있고

전후좌우
순차적인 방향
구별 없이

이해하기로 하면 이해가 된다

명징明澄

누가 누구랑 결별하는지
누가 누구를 증오하는지
무엇이 무엇과 시한부인지

그래서 말 못 할 이유들로 마실 때 명징은 자유로운 자
연 구역이 되는가 가장 쉽게 더러워질 오염 구역인가

은닉한 것은 재산 빼돌린 정신의 조각

원탁/회의

취급/태도

진흙 발로 성큼 걸어와 문득 들어서는 것과
그리고 이후에 명징

나로부터 기도의 끝으로 모르고 가볼수록 가보면
고풍스러운 고독의 비밀 장소에 고풍스레 있는 누구

너를껴안고한참울었네많은것들이멸종하니까짐작하
니까떠나고나서머무는것들을미리울었네

누가 누구랑 결별하는지
누가 누구를 증오하는지
무엇이 무엇과 시한부인지

밝고 맑다

휴지休止와 하다

말하고 말해야 하고
수긍하고 순응해야 하고
더러는 싸우고 부라리다가
숨고 싶을 때는

휴지와 하다

휴지와 할 때는 혼자가 좋아

주저하고 지체하고 중지하고 중단하는 것
할까 말까 하다가
손볼 것들 많지만

휴지와 하다

흘러가고 있지만
한번은 엄중하게 멈춰 서서 하던 것들을 보긴 해야겠지
했었으니 또 하다가 말하겠지만 다쳐서 떠난 건 아니야
가야 하니 간 거지

복숭아 잎은 복숭아가 익어가며 보낸 신호들을 다 알
고 있지
티 나지 않아도 같이했으니까

뭘 하다 가려고 어떻게 해야 할지 어떡해
어떤 기색인지 몰랐는데 숨 쉬는 것들 한 번쯤

휴지와 하다

난감한 자세로
휴지와 해본 적 없는 한 사람이
쉬는 법을 몰라 제자리에서 걷고 있다

멈춰 선 적 없는 그 사람에게 그 휴지는 불안이다

땡볕이 머리를 쪼고 있었던 날들

일구고 일구던

휴지를 모르던 날들

A2 블록에서는

A1 블록에 남은 것은 법원의 파산 결정문과 저항하지 않는 우울과 이가 빠진 몇 곡의 노래와 짓무른 과일들 이럴 줄 몰랐지

사람이 유리 가루를 입히고 새들이 죽고 사람이 다치는 끊어지지 않는 질긴 연줄이 느닷없이 목을 스친다

모든 블록에서 호랑이는 개인이 소유할 수 없는 동물인데 그런데도

어디에 쓰겠다고 무엇을 짓겠다고 불법 채석은 곳곳에서

엄마아빠는 왜 매일 싸울까 궁금한 A1 블록의 아이가
A1 블록의 엄마아빠가 되는 시간의 함몰
소년소녀답게 말할 때 너의 소년소녀는 항상 동조했지만 그 소년소녀도 때로 음란으로 숨고 한때 사악했던 소년소녀였잖아 그랬는지 몰랐지
해가 안 들면 기가 죽는다는 청년의 말이
싹을 틔우는 지하의 끝 방

떠나기 전에 노인에게 들어야 할 말들 시간이 만들어
낸 그 많은 노인의 일들

　'어르신 복지과' 김 과장의 노련한 손에 기대를 건다
　덧나는 것을 쓰다듬는 것을 생각하면 은은하게 퍼지는
것이 있고
　그때에 마을은 마을이 되고

　A2 블록에서는
　좀
　더
　다가가서 기다려
　볼
　것

꽃과 춤

꽃

　눈
물　　꽃
　불꽃

'꽃'을 붙여 합성어를 만들 수 있는 단어들을 데리고
방에서 놀았습니다

　피어난 단어를 읽다가 우리에 대하여 생각하고 있습니다
　공동의 꽃밭에서 둘은 우리의 시간에 의하여 합성어가
되어가고 있다고 고쳐 생각합니다
　창궐猖獗의 직전에는 '창백하다'가 물들었을 것이라고
같이 짐작합니다
　산맥이 없는 대륙은 하늘을 향해 피울 수 없다는 결론
에 도달했습니다
　성장해야 부풀고 커진다는 것을 받아들이기 시작한 소
년의 편지도 도착했습니다

아무도 들은 적 없는 생소한 노래를 만드느라 장황한
사람의 말에는 귀 기울이지 않았습니다 연락이 끊긴 사
람들이 관절이 없는 듯 춤을 추며 지나갈 것이라는 것을
알고 있습니다 염두念頭의 전체와 부분 부분을 다 비웠
다고 생각했으나 그것이 또 반복되고 있는 걸 알았을 때
왜 놓지 못하는지 또 생각하게 될 때 그것은 그것대로 머
리를 집요하게 디밀고

  이제 옷차림이 기분을 좌우하는지 기분이 옷차림을 좌
우하는지 잘 모르게 되었지만

  동네 아이들이 둥그렇게 모여 춤을 춥니다
  즐겁게 춤을 추다가 그대로 멈춰라
  바라보는 어른은 아이보다 오늘이 무겁고
  멈춰 있던 나는 살아 있는 게 빚으로 쌓이지만
  오늘은 춤춤,이라고 적고 들썩이며 움직여볼까 합니다

  나의 이유가 되지 못하는 모든 원인과 결과의 관계에
대해 아무것도 궁금해하지 않고

'춤'을 붙여 합성어를 만들 수 있는 가장 육중한 단어를 찾고 있는 중입니다

.

IV

지금 블라인드

되새김

소화되지 않는 시간과 동선, 눈 떠보면 이 무렵 눈 감
으면 저 무렵 눈 떠보면 이쪽 또는 저쪽 어디쯤에서 떠밀
리고 있다

주어主語만 골라 지우는 연습을 하다가 그냥 빈집에
전화를 해봤어

길들이 어려워진다 다시 이 도시의 도로 표지판을 최
대한 의심하기 시작했으며

시간이 느껴지지 않는다,와 시간의 간격이 느껴지지
않는다,는 말은 같은 말이었을까

먹을 수 있는 것은 흰 종이와 검은 글씨들뿐이라는 것
을 알게 되었을 때 배고픈 계절의 열매 아래 오래 앉아
있었다 그때마다 저지르고 싶던 과일의 사치는 이런 것
이었을까 엄마를 만나러 갈 때는 터질 듯 탐스러운 홍시
를 가득 사고 싶고 참으로 물렁하다 홍시 목구멍으로 넘
기기 부드러운데 홍시는

유약柔弱한 사람에게는 더 말뿐인 사람들을 더 알아가

고는 있는데
　　아직도 읽을 수 없는 문패의 그 이름은 무엇이었을까
　　지금은 주어의 정서에 전염된 개와 놓여 있고

　　움직여야 움직이는 건데 누가 움직이라고 한다고 또
움직여지지는 않는 오래된 주어
　　바위에 대해 생각하면 떠오르는 해골산이 하나 있고
　　바위로 둘러싸인 그 언덕, 피가 흐르다 한곳에 모이는
시간이 있었다 했다
　　골고다 골고다 곪다가 깊게 파이는 피부의 가장 아래
쪽이라고 했다

　　소화되지 않는 시간과 동선, 퉤, 피가 섞인 노란 위액
속에 자꾸 모르는 씨가 하나 버려진 것처럼 보이고
　　핥아보다가 대부분 부탁의 혓바닥을 자르고 싶어지고

　　머리가 희끗희끗한 남자의 육체노동을 지켜보는 일은
느슨해진 노란 기저귀 고무줄을 당기듯 긴장을 주는 시
간의 되새김 같았으나

   삼켜야 삼키는 건데 누가 삼키라고 한다고 완전히 삼

킬 수는 없이 되새기는 주어

   새의 울대에 대해 생각하는 주어는 슬픈 소리를 더 고

요하게 되새겨보려 하고

읍소泣訴

새벽을 다해 진술서를 써야 한다
최선의 아우성으로

직립하는 데 온 생애가 든다 해도
우리는 삶을 살 책임이 있는 거예요
선배 시인이 말했다
나는 고考했다

쓰는 것보다 사는 게 먼저니까
푹 주무세요
소설가이자 동생인 네가 말했다

나는 고告할 수밖에 없었다
내가 해온 진술에 대하여 나에게

시계 수선공 할아버지의 닳아빠진 지문은 시간에게
구두 수선공 할아버지는 망치를 쥐고 있고
굳은살 박인 양손에는 마시멜로를 쥐여주고 싶어

할아버지는 지나온 걸음에게
고故에게 고告한다

1만 년 전에는 육상의 척추동물이 0.1퍼센트였다는데
나는 등뼈를 구부려 이제야 호소한다

새벽을 다해 진술서를 써야 한다
원하는 기미幾微가 보이도록

다하고도 다 바쳐 진술서를 써야 한다
노릇을 못 한
사람의
읍소는 어때야 할까

운동장의 아이들은
몇 바퀴째 시작처럼 뛰고 있는데

반성

새도 나무도 강물도 꽃도 바람도
마음대로 부르지 않을래요

날아왔다가 떠나려는 새도
초록을 기억하며 앙상해지는 나무도
흐르다 얼어버리는 강물도
피었다 지려는 꽃도
불어왔다가 다 데려가는 바람도
문장 속으로 불러들이지 않을래요

　씨앗과벌목씨앗과벌목번창과황폐번창과황폐안락과연명
안락과연명

　숨어서 울 언덕이 필요할 때마다 사탕 가게의 위그든
아저씨가 보고 싶은데
　버찌 씨를 내고도 살 수 있다면 남을 수 있다면

　낭패狼狽라는 게 마음먹기에 달렸다지만
　불러들였던 것들 다 못 쓰게 만들어놓고서야

옆자리 여자가 운다 나는 눈을 감아주었다
화장을 고칠 때 고개를 돌려주던 남자처럼

유난히 검은 밤의 바깥으로 눈이 내리고 있습니다,와
   어둠이 유난히 검은 밤에는 내리는 눈이 잘 보입니다,
를 두고서
   어둠 뒤의 빛도 마음대로 불러들이지 않을래요

그리고 밤을 다시 바라보면 불빛들이 점점점
   ███████████████████████ 어둠 속의 빛의 말줄임표
더 조심스럽게 소곤거릴래요

그러니까 아무것도 불러들이지 않을래요

새도 나무도 강물도 꽃도 바람도 어둠도 빛도
우여곡절迂餘曲折 끝에 적재적소適材適所에

그래서 나는 아무것도

파산破産

쇼팽은 난민이었고
거지가 되어야 한다고
톨스토이가 그랬지
모차르트는 어떻고
고갱은 물감도 못 샀다지

위안의 이름들 구전될 때

그의 엄마가 말씀하셨다 길을 잘 보고 다녀라
차가 오는지 안 오는지
그녀의 엄마도 위험한 시간의 길에 대해

돈을마련해야해돈을마련해야하는거지돈은마련하는
거지마련하려고쓴다마련해서쓰려고못해본것해보려고
자위하듯쓰는동화자위의동화가밤에씌어진다

친목 도모가 사치인 날들인데 밖에서 부른다 불러댄다
안이 소란한 안의 안쪽의 부적 더 아닌 그녀를 그를
깨지고 부서져 흩어져 사라질 그를 그녀를

산산이

  즐거워서는 안 되며 남들 다 하는 걸 하고 살면 안 되
며 발등의 불을 겪는 시간이라고 했다 바다와 호수와 계
곡에 대해 들을 때면 피할 것이 더위뿐이겠는가
  피서와 방한은
  그녀의 그의 나의 개인의 목소리로 표현하기 불가능한
단어
  맞서야 하는 언어

어려움이라는 단어들이 줄을 서고 있을 때
한동안 걷다가 멈추었다 서 있었다고 했다
신장개업 '고물상'이라는 푯말 앞에서

새것도 헌것도
모두 다 헛것
지나고 나서 보면 다 그저 그런 것들
벗겨놓고 보면 다 그만그만한 것들

새것도 헌것도 헛것이라는
새로운 것

배제하다

정분情分도 없는
혈통血統도 없는

연고緣故가 없다는 것은

아니 아니 그건 시작하는 외출 같다

새로운 사람에 의한 동선이 시작될 때
그것은 이전과는 다른 결심이었는가

두가지마음세가지마음세다리네다리목발외발들의모
임짝이있는것들의오랜이야기를
　가장 첫번째 마음으로 받기로 하면서

네가 했던 말은 오래간다
내가 그래서 걱정스럽다
복잡해지고 싶지 않아서
사연 많은 사람의 시간을 벗어나려 했는데

호기심과 관심의 시기가 있지 궁금증은 지나가고 해결
되는 것처럼

할 만큼 했잖아 울 만큼 울었지
내가 그래서 정갈하다
거슬리는 행동을 유심히 보다가
무심코 배제하다
헐떡이는 몸통들보다 배제하고 지느러미
살점을 덜어내고 도려내고 배 째고 펄떡이는 지느러미

마른 우산을 쓰고
나는 아직 걷고 있는데도
육지가 제외하다 심증心證으로

빈번한 인간의 묵과黙過와 조건 없이 꼬리 치는 개의
꼬리

내가 수영만 잘했어도 고래를 만나러 떠났을 거야

정분도 없는
혈통도 없는

연고가 없다는 것은

아니 아니 그건 시작하는 후회 같다

남자를 가르쳐준 여자 여자를 가르쳐준 남자
남자를 가르쳐준 남자 여자를 가르쳐준 여자
남자가 가르쳐준   여자가 가르쳐준
    을 가르쳐준   이 가르쳐준
     가르쳐   준

8부 능선과
심해를 향하는데도

배제하다

이해되지 못할 것이라는 걸
알고는 있다

　미끈유월*로부터 고음의 현악기가 연주되고 있는가
또 오고 있는 것을 쓰고자 한다 먼저 나가는 게 앞발이지
따라가는 게 뒷발이고? 톡톡 튀어 가는 것을 본다,라고
쓰던 세월이 시간을 쌓다가 넘어뜨린다 오늘, 저 아래 밝
은 공동체를 바라보며 외떨어진 누군가는 나는 상실한 베
짱이,라고 쓴다

　당도 17브릭스가 넘는 낙과된 사과들, 달콤한 즙을 내
고 싶었던 소리들, 햇빛을 충분히 받은 부위처럼 입을 다
열어 부르는 노래를 꿈꿨는데 응달에서만 손톱의 반달이
자라고

　심장 한쪽이 노랗게 익은 과육의 한 부분처럼 깊고 투
명해질 때 떠나기로 결심한다,라고 쓰고 나면 적막 속에 잠
시 정지하게 되고 기다릴 때는 5분이 더 길다,라고 고요가
받아 적는다

　그렇지? 따라가는 게 뒷발이 맞지?
　움직일 때는 시간도 움직인다,라고 쓰고

158

기다림이 지우면 앞발을 따라가는 뒷발로 나는 또 가고

내려앉은 겨울의 시린 톤 뒤에 이어받듯 흡사 연두 또
는 초록에 가까운 것들, 작은 조각들, 부스러기들, 남은
페이지들, 빈 그릇들이 연상되는 대지로 톡톡, 튀어 오르
는 것들을 보고 돌아와 나는 쓴다
　봄날의 아이템보다 부작용으로 이루어진 것들을 믿기로
한다

　그리고 각주脚註를 위해 준비된 것처럼
＊＊＊＊＊＊＊＊＊＊＊＊＊＊＊＊＊＊＊＊＊＊＊＊
　나뭇가지에 베짱이들이 매달려 있다
　더 이상 풀이를 해봐야 이해되지 못할 것이라는 걸 알
고는 있다
　그럼 똑똑, 따서 베짱이 수프를

　＊ 미끄러지듯이 한 달이 쉽게 지나가버린다는 뜻으로 음력 6월을 이
르는 말.

혐의

조롱하는 일에 익숙한 양복 입은 X

부패가 100인 X는 그래도 잘 삽니다 청렴이 100인 내
가 아는 사람은 굶고 곯고 곪고 죽네 사네 시소를 타듯
하늘과 땅을 땅과 하늘을 천지의 차이를
환부를 다 드러내듯이

하늘 파랗고 나무 일렁이고 바람의 시선에 붙잡혀
비극적인 영역의 벤치에 앉아 있는 내가 아는 사람을
나는 보았습니다 나무 뒤에서

나는 저쪽의 목소리가 들리는데 저쪽에서는 내 목소리가
안 들리는지 계속 부릅니다
종점이 어딘지 모르겠습니다 돌아오는 길이 가고 있는
길 같고 가야 할 길이 끝도 아닌 것 같으니

조롱하는 일에 익숙한 양복 입은 X 조롱하는 일도 귀
찮은 양복 입은 X의 홈드레스 입은 아내 Y 조롱하는 걸
다 받고 서 있는 내가 아는 사람 조롱받는 일에 아무렇지

않으려는 나

　나에게 원래 가진 게 있었다면 그것들 다 마모되어 보이
지 않더라도
　내가 조금 더 단단해진다면
　그건 당신 덕분입니다

　아무에게나 혐의가 있거든 용서하라*
　박동이 되고 싶었습니다만
　단잠이 꿈이니까 그 옆에 솜이불을 깔면 안 될까요?
　날아가는 새 한 마리보다 몰랐던
　하늘의 사정 속으로
　좀 누우면 안 될까요?

　* 마가복음 11장 25절.

비켜서다
— 사람이 사람을 초월하면 자연이 된다[*]

등을 돌리고 잔다는 말보다
엉덩이를 마주하고 잔다고 말하자

너의 바나나는 몇 개니 나의 바나나는 10개야
듬성듬성 누군가 떼어 먹은 다발에서
빠진 바나나의 숫자만 셀 때는 보이지 않는다
바나나 꽃과 바나나의 시간 같은 것

세 근이던 딸기가 네 근이 되는
밤 9시의 시장 같은 것

흥정하지 않아도

고령의 이웃은
자는 시간보다 깨어 있는 시간이 길다 하고
자는 시간이 깨어 있는 시간보다 길다 하는
나는
불쑥, 문을 당기고 말
철렁, 하는 것들 앞에서

잘 닫히지 않는 화장실 문을 붙잡고 변기에 앉아 있는
것만 같았는데
같은 이름을 가진 잘 모르는 사람이 죽었다는 사실을
알게 되었을 때
한 발자국 물러나
접착된 편집偏執의 한쪽 끝이 떨어지는 걸 보았다

까발릴수록 드러나지 않는 것들은
더 오므리는 힘을 안에서 키우고 있으려니 그러려니
하고
매일 정확하게 들고 나는 문들도 무기가 되는 날이 있고
긴박한 상황에도 느슨해지는 순간이 있었으니
나는 더 일찍 이 말을 했어야 했다 나에게
준비된 게 없어서 시작될 게 없었지만
완성하지 못해서 결정할 수 없었지만
물러서는 사람이라서 기다리고 있다고

발버둥이 끝나지 않는 자리에서 맴돌고 있던 때에는
말들이 가장 앞서 있었으나 달콤한 말들은 말뿐이었으니

보물 지도를 혀에 숨겨둔 소녀처럼

가끔 한마디씩 하면서

향하여 찾아가듯 출렁이면서

물결이 될 때까지

유서가 아름다워질 때까지

비켜서다

조금도 가볍지 않다가 조금 더 가볍다

* 최승자의 시 「서서히 말들이 없어진다」(『물 위에 씌어진』, 천년의시
작, 2016)에서.

이후의 서술敍述

브로콜리 한 송이를 다 먹고
브로콜리 한 송이를 더 삶은 날
동체同體 같은 동반자와 초록을 나눠 먹고 싶던 날이
었다고 한다
거대한 욕망의 살점을 대면하고 찔러보는 일이
그녀에게는 그다지 그러나

나이가 들수록 길어지는 바짓단을 이해한다고 쓴다
오래 떠났다가 돌아온 집은 아늑한데
희미해지는 단계에 관여하는 청각도
쓴다

숫자도 배우고 물방울도 배웠는데
아프지 않는 것이 상책,이라고 쓰는 날에는 아픈 것이다
그래 그녀는 이제 김빠지는 소리를 좋아하게 됐다고
했어
학교를 떠난 후에 학교에는 가지 않는데
육하원칙의 질문이 그녀를 기다리고 있다

설마 불에 타 죽고 설마 그럴 리가 믿고 뛰어내리다가
죽고 믿을 수 없는 이야기들이 계속되고
볼륨 애드벌룬 룸 룸바에서도 시작되고
높아라 드높여라 방을 떠나서 겉돌던 그녀는 4분의 2
박자를 좋아한다고 말했고 나는 광고를 다투는 네온 불
빛 아래서 비슷한 박자로 받아 적은 적이 있다

지금의 너는 나의 상처가 섞인 혼용어로 존재한다고 쓰
는 그녀를 훔쳐보았고 그것이 너를 너로 사랑하지 못하는
너의 슬픔이라고 읽었다 나의 슬픔에도 대입해보았고

형식에 위배되거나 방식을 벗어나는 것들이 있을 수
있겠지만 내 시간에 내가 적응하면 되는 거지 네 시간에
네가 적응하면 되고

신발을 신고 벗는 게 싫어서
정착이 안정인 한 사람이 정착이라는 단어를 반복해서
쓰고 있고

그녀는 말의, 막막함이, 잘, 보이지, 차례대로 골라 쓴다
이후로 점점 대범해지는 본디의 것들이 이전보다 풍성
하게 하고

그녀가 회포를 풀어야 한다고 말하는 시간이 있었고
나는 회포를 품어야 한다고 받아 적기도 했다
잘못 들었던 것일까
엄숙과 경박의 중간 톤으로 받아 적고 다시 쓰고 싶었
는데

못되게 구는 것과 못살게 구는 사람들
못되게구는것도못되고못살게구는사람은못살거야

손목과 손가락 사이의 거리 무릎과 발과의 거리
쓰고 걷고자 하는 것이다

이후로도 이후로

검은 외투를 하나 갖는 일

믿을 사람 하나 없다는 말 해도 해도 너무한다는 말 엎친 데 덮친 격이라는 말 이런 말끝에 나는 검은 외투를 하나 갖고 싶어진다

일련의 사건들 다 덮어버리고 겨울의 검은 외투를 하나 갖는 일

외투 자락을 펄럭이며 왔던 곳으로 잰걸음으로 되돌아가는 일

사실 나는 의문투성이지만 재봉틀을 상상하게 하는 검은 외투를 하나 갖는 일에 대해선 극렬하게 찬성이다

이유가 불분명한 사건의 예시와 복선

깃을 여미고 외투 자락을 펄럭이며 짐작할 때는 의심하지 말아보자, 덮어두고 싶어지는 것이다

잠만 자는 주인에 대하여

개도

향수가 짙은 소녀에 대하여

소년도

너무 붉은 여자에 대하여

　　　　　　　　남자도

　　　　　　　나도
한마디 해주고 싶었을 텐데
　모르는 사연에 대하여 질끈 눈을 감고 입을 닫고 싶어
지는 것이다

　그러므로 나는 마지막 남은 의문에 대한 자답自答으로
　검은 외투를 하나 갖는 일을 희망한다

　내가 이 생生에서 서성이는 것은
　길을 가다가 모텔에서 나오는 어린 연인들과 마주칠
때 같고
　어찌할 바를 몰라 검은 외투의 깃을 세우고 먼저 등을
보이면 불편한 감각들이 고분고분 잠잠해질 것이니

말 못 할 겹겹의 흉부에 대해
말을 하려 할 때

향을 주고 가시를 키우는 해당화
가슴을 앓는다는 말 앞에 이 꽃을 심겠다고 말을 하려
할 때
의족을 한 소녀가 노인의 휠체어를 끌고 갈 때
친구와 긴 인사를 하느라 아이가 버스에서 내려 버스
를 따라 뛰어가고

머리를 감을 때 전화벨이 울리는
똥을 누다가 문을 두드리는 자를 맞으러 나가는
뒤가 완성되지 않는
시작된 문장의 앞

졸면서 3단을 외우는 밤의 어린이는 81보다 막막할 일
들을 그 밤에는 몰랐겠지 그 굴다리 아래는 비밀인데 바
람은 드나들고 안정제는 흉부를 지난다 심장 근처는 온
화하다

선물 상자의 리본들은 매듭을 풀고 다 어디로 갔을까
뒷짐을 진 양손의 모양에서 기억나는 사람이 있고

남의 집에 짐을 잘못 푼 이사처럼,

한여름에 오는 입추는,

머뭇거리다가, 말을 하려 할 때

공기의 출몰이라고 말하면 옥죄는 숨통 잦은 흉통

가슴에 손을 얹고 자고 일어나 터진 베개의 속들을 살

펴보면 깃털, 편백나무, 솜, 좁쌀, 메밀, 콩

그리고 겹과 공기

말 못 할 겹겹의 흉부에 대해 말을 하려 할 때

내가 아는 기억 수집가는 윤기 나는 목소리로 되새기

는 사람

늘어가는 병명을 생략하는 힘이 있다면 계속 벗겨지는

시간,이라고 말을 하려 할 때

입을 벌리고 죽은 것들을 봉해주는 미뉴에트

해당화가 피고

지금 블라인드

모종삽이 파다 만 곳곳
딱딱하게 언 벌레가 소식을 전하는 겨울
눈을 돌리면 물체에서 보게 되는 겨울이 덮은 여러 봄
일기를 먼저 쓰고 그날을 사는 것처럼
오늘도 거기에서 기정사실과 가정 어느 쪽으로도 기울
지 못하고
내일은 집에 갔다
굳은 심지에 시간을 말아 불을 붙이는 것은 무엇인가
저마다 기회를 엿보다 화력에 가담하는 것들
지금 나는 여기에 있는 것 같지

꿈은 다음 날 꿈으로 지우며
소음을 만들어놓고 책을 읽을 때처럼
읽히지 않는 문장에 머물고 있다

지금 나는 여기에 있는 것 같지 않아

창밖의 과일 장수가 덜 추워 보이면 좋겠어 시든 상추를 살려내려고 물에 손을 담근다 샐러리는 봐도 봐도 어려워 어디까지 먹어야 하는지 줄기는 당연히 알겠는데 잎은 알 수 없었어 대강 웃음을 흘리는 여자처럼 흘리지 말아야지 썻었지 이파리가 해질 때까지 할 수 있는 한 남루한 옷깃을 들키지 말아야지 가난한 사람이 체형이 엉망이 된다더니

마주치지 않으려고 뒷길로 다닌다

내일은 데리고 집에 갔다

젖니가 나던 아이는 자라

　　　가

지금 나는 여기에 있지 않아 안 살지

까치발을 하고 무용반을 엿보면 발레복을 입은 소녀들은 발끝으로 섰다 여자도 걸어 들어가 거울 앞에 서고 지팡이를 짚고 구부리더니 곧 하이힐을 신고 꼿꼿이 허리를 펴고 걷다가 곧 교복을 바꿔가며 입고

지금 나는 여기에 살지 않아 안 보여

검은 스트레칭을 하며 웅장해지는 밤

어느 어둠 속을 굽이굽이 지나면 드러날까요 해는 흐
르는데

해산물을 취급하는 사람에게는 길한 달이라고 했다

미라클66결파이를 들고 병문안을 왔던 그 사람에서
멈춘 날

그날을 모든 달의 처음으로 기억할게

지금 여기에 없어

또 어제는 후회하지만 봐도 힘들고 안 봐도 힘들다면

생사화복을 모르는 채로

오늘은 눈을 감는다

아프면서 크고 늙으면서 아프고

어김없이 먹이를 주는 동백꽃 주위로

새와 벌들은 모여들겠지만

지금 가려진다

보이지 않아도 주의해야 하는 건 무심하게 이어지는
후렴

예령豫鈴

비명의 끝 음을 알고 있다
천체天體는

서서히 힌트를 주고 있지만
소리는 아직 전해지지 않고

들숨과 날숨 모두를 죄던
블랙 브래지어를 벗는 대기

종지기가 때를 기다리고 있다

당신은 안 온다고 그러고 있겠지 나는 그럴 줄 몰랐다
면서 이러고 있겠지 빨강 노랑 파랑 원색적으로 중간은
없이 돌아가지 않으려고 미리 망가뜨렸었지 나를

비명횡사의 구도
천 리 길인 줄 알고 걷고 있었나

적시敵視가 직시直視인 줄 알고

직시가 적시가 되어가는
알쏭달쏭 이상한 나라의 종소리

꼬리치는 꼬리들 굵어지는 허리들 음의 흐름을 놓치며
흔들리는 사람들과 쏟아지는 음절들
복면을 하고 가려지기 시작하는 가능한 시작들

무엇을 위하여
누구를 위하여
왜

종지기가 때를 기다려 종을 다시 치려고 한다

종지기는 종을 쳐야 하는 사람이고 종의 주위를 돌면
서 지키다가 기다리다가
무엇보다 먼저

다가오고 있는 정해진 시각이 있으므로 미리미리

그 시점에 악센트는 종지기에게
종
소
리

비명의 끝 음을 알고 있다
천체는

알려야 할 때를 알고 있다
종지기는

공명共鳴이 시작된다

나는 적극적으로 과거가 된다

우리의 친구가 밤길을 건너다가 죽었고
뒤로 너의 애인이 죽었고

이사 간 자매가 와서 새 주소와 전화번호를 적어두고
간다
배달될 것들을 찾으러 오겠다고 한다
배달된 것은 아니었을까
나는 오래 그 집에서 1학년이었고

너에게는 그림자 애인이 있지
나에게는 애인의 그림자가 짙어
구석에서 더 소극적인 현재가 되고
한 번의 깊은 잠을 위하여 취침약을 모아둔다

그만 집에 가자고 우는 아이와
다시는 안 간다고 우는 여자를 지났나

상자 안에서 썩고 있을 사과들 오늘은 시장에 가야지
사과의 상한 부분을 도려내면서

기아와 다이어트
결함의 쓰임새와 절망의 발휘에 대하여
언제나 준비 태세 그리고 변환

말 못 할 것들이 늘어날 때 만나게 될 너에게
무엇이 무엇을 무엇으로 지금 알 수 없고

버려진 거울에 비춰보고
버려진 소파에 앉혀보고
이빨 관리에 실패한 나를 짓누르는 밤은
망발妄發 외투를 질질 끌며 끝도 없이 앞서고

벌레를 떼어내듯이

놀아난 기분

아침도 없이 또 시간의 한가운데

새들이 왔다

소리가 먼저 와서 알 수 있었다
그날의 새는 앵두나무에
있었다

저요 저요

나도 있었다

나는 적극적으로 과거가 된다

쓰다, 또는 망각 이후에 오는 언어

박혜경
(문학평론가)

1. 언어는 기호다

언어는 기호다. 너무나 자명한 이 명제는 그러나 우리의 삶에서 전혀 자명하지 않은 방식으로 작동된다. 언어는 그 자체로 실체성을 갖는 것이 아니라 다만 의미를 발생시키는 지시체로서의 역할을 맡고 있을 뿐인데도 언어가 인간의 삶에서 실체처럼 기능하는 예는 무수히 많다. 아니, 사실은 언어가 갖고 있는 이 기능이야말로 인간 삶의 본질적 조건을 이루고 있다고 해야 할 것이다. 언어가 지시하는 대상(對象, objet)이란 한자 뜻 그대로 무엇에 대한 상, 즉 상의 이면에 '무엇'이라는 어떤 존재를 가정하고 있는 말이 아닌가? 우리는 그

'무엇'을 objet 대신 thing이라고 부를 수도 있을 것이다. 언어의 세계 속에서 '무엇'이라는 미지의 기호로 명명될 수밖에 없는 thing의 세계는 언제나 언어에 의해 대상화된 사물, 즉 의미체의 형태로 우리에게 도착한다. 그러므로 언어라는 기호가 관여하는 것은 thing이 아닌 objet의 세계임이 분명하다. 그런데도 왜 우리는 언어가 가리켜 보이는 이 세계가 의심할 수 없는 하나의 실체로 우리 앞에 놓여 있다고 생각하는 것일까?

예컨대 우리는 사과가 빨간색이니까 사과는 빨간색이다,라고 생각한다. 동어반복에 가까운 이 문장은 우리에게 자명한 사실 명제로 받아들여진다. 내 눈과 기억이 그 명제의 사실성을 입증하고 있으니까. 그렇다면 사과가 빨간색이라고 생각하니까 사과는 빨간색이다,라는 문장은 어떤가? 이 문장은 앞의 문장에서 생략된 과정, 즉 사물이 우리에게 도착하기 전에 이루어지는 생각이라는 언어활동을 상기시킨다. 이 문장에 따르면 사과가 빨간색이라는 인식이 형성되는 것은 의미를 구성하는 생각이라는 언어 작용에 의해서이다. 언어가 없으면 '빨간색 사과'는 세상 어디에도 존재하지 않는다. '빨간색 사과'는 물질이 아닌 의식의 차원에 존재한다는 것, 이것은 우리가 알고 있는 사과가 언어적 기호에 의해 명명된 objet임을 일깨운다. 그러나 사물의 사실성에 대한 고정관념이 지배하는 세계에서 언어가 갖는 기호적 속성은 좀처럼 자신의 모습을 드러내지 않는다.

여기 녹색과 적색의 사과가 있다. 녹색 사과와 적색 사과는 우리에게 익숙한 관념이므로 별다른 의심이나 경계심을 불러일으키지 않는다. 그러나 다음과 같은 색을 가진 사과가 있다면 어떨까?

〈녹색이자 청색이자 적색/거의 적색과 녹색과 청색/청색에 덧칠한 녹색에 덧칠한 적색/청색에 관한 녹색에 관한 적색/청색 대신에 녹색 대신에 적색〉

—「맹盟」부분

녹색이자 적색, 거의 적색과 거의 녹색, 혹은 서로에게 덧칠하거나 서로에 관한, 서로를 대신하는 색들이란 서로의 경계를 넘나들며 서로에게 한없이 가까워지거나 겹쳐지거나 멀어지는 운동 속에 있는 색들이다. 이처럼 끊임없이 움직이는 색들의 세계에서 빨간 사과라는 단일하고 고정된 사물은 존재하지 않는다. 사과의 경우가 아니라도 움직이는 색들의 세계는 도처에 널려 있지 않은가? 완전한 적색, 완전한 녹색의 사과가 세상에 존재하지 않듯 순수하고 고정불변한 녹·청·적의 세계란 아마도 디지털 세상에서나 가능한, 언어적 기호에 의해 만들어진 가상의 색들에 불과할 것이다. 실제 사물들의 세계에서 색들은 서로 섞이고 짙어지고 흐려지

고 나타나고 지워지면서 끊임없이 변화하고 있지 않은
가? 그럼에도 불구하고 우리의 언어생활은 여전히 사
과는 빨갛다,라는 불변의 명제를 신봉한다. 사물의 개
별적인 차이들을 지우는 이러한 고정된 명제(의미)들에
대한 믿음이 없다면 인간의 언어생활 자체가 불가능해
지기 때문일 것이다. 이런 점에서 언어의 불완전성이야
말로 언어적 소통을 가능케 하는 근본 조건이다.

언어는 의식되지 않은 채로 끊임없이 우리의 의식을
지배한다. 언어는 기호이지 사물이 아니다. 사물이 아
닌 기호로서의 언어는 그것이 가진 치명적인 불완전함
에도 불구하고, 아니 어쩌면 그 치명적인 불완전함으로
인해 보다 효율적인 소통의 수단이 된다. 이것은 풀기
어려운 숙제처럼 내 앞에 놓인 황혜경의 시들을 읽으
며 내 머릿속에 두서없이 떠오른 생각들이다. 이제 이
러한 생각들을 징검다리 삼아 황혜경의 시 속으로 들
어가보자.

2. 연상은 형통하다

나는 지금 황혜경이라는 낯선 세계와 마주 서 있다.
시인의 언어는 그 안으로 들어가보려는 독자에게 좀처
럼 길을 내주지 않는다. 마치 아무렇게나 쌓아올린 가

건물처럼 금방이라도 허물어질 듯 아슬아슬해 보이는 언어들은 그럼에도 불구하고 철옹성처럼 견고하게 독자들의 진입을 가로막고 있는 듯하다. 비평은 어떠한 응집력도 지니고 있지 않은 듯한 이 식별 불가능한 언어들을 어떤 식으로 구조화해야 할까? 우리는 황혜경의 시들을 읽으며 수시로 맥락 없이 나뒹구는 사변적인 말들과, 손에 쥐었다고 생각한 순간 손가락 사이로 빠져나가버리는 알 수 없는 의미들, 통사법은 나의 관심사가 아니라는 듯 앞뒤가 어긋나는 불편한 문장들과 마주친다. 따라서 황혜경의 시들을 특정한 의미론적 관점으로 읽기 위해 우리는 도처에서 마주치는 맥락의 단절과 비약을 건너다녀야 한다. 비교적 혼란의 강도가 낮은 다음 시를 읽어보자.

주기가 반복되어 사실이 되어갈 때가 있는데 실패의 주기는 더 사실적이지 첫번째 실패는 누구보다 다음을 믿지 않았고 죽지도 않았는데 벌써부터 몸은 이장을 꿈꾸기 위해 노래해 약골인 남자가 근육을 품고 날씬했던 그녀는 뚱뚱해지고 시간이 지금 다음에 어떻게든 만들더라고 몸이라는 현실 가변적인 그 사실 나의 **몸**들은 모두가 주인공이지만

—「다음의 바탕」부분

마치 무슨 주문을 외우듯 쉼 없이 이어지는 이 문장들 속에서 일관된 의미의 맥락을 찾는 것은 쉽지 않다. 타자와의 소통을 의도한 것이라기보다는 독백적 언술에 가까워 보이는 말들에서 막연히 감지되는 것은 이것이 어떤 실패에 대한 언술이라는 것, 그보다는 실패를 견디기 위한 언술이라는 느낌 정도다. "주기가 반복되어 사실이 되어"간다는 것과 "실패의 주기는 더 사실적"이라는 것은 '주기의 반복' '사실' '실패의 주기'가 하나로 맞물린 과정임을 시사한다. 그리고 이것은 다음에 이어지는 죽음에의 암시("벌써부터 몸은 이장을 꿈꾸기 위해")와 연관된다. 그렇다면 "약골인 남자가 근육을 품고 날씬했던 그녀는 뚱뚱해지"는 시간이란 무얼까? 그것은 아마도 몸이라는 가변적인 현실의 시간일 것이다. 주기의 반복, 실패의 주기와 연결된 '사실'의 시간이 몸의 죽음을 예감케 하는 시간이라면, '몸'의 시간은, 나의 몸들 모두가 주인공이 되어, 앞서 색의 세계가 그러하듯 끊임없이 운동하며 변화하는 가변성의 시간이다.

그러나 그녀의 시들에서 무엇보다 우리의 주목을 끄는 것은 말의 의미보다는 말의 방식이다. 그녀의 시들은 언술의 내용보다 언술 그 자체를 사건화하는 시들로 보이기 때문이다. 앞서 그녀의 시들이 독백적 언술에 가까워 보인다는 말을 했지만, 화자 자신이 청자인 독백적 언술의 특징은 타인에게 자신의 말을 둘러싼 상황적 맥락을 이해시키기 위해 노력할 필요가 없다는 것이다. 독백적 언술에서는 논리의 단절이나 비약, 맥락과 통사법을 벗어난 불완전한 표현들이 별다른 문제를 불러오지 않는다. 맥락의 일관성이나 통일성, 통사법에 맞는 문장들이란 기실 소통의 효율성을 높이려는 사회적 요구에 의해 생겨난 것이 아니겠는가? 우리는 언어생활 속에서 소통의 효율성에 대한 사회적 요구가 우리의 마음을 짓누르는 상황과 얼마나 빈번히 마주치는가? 이런 의미에서 황혜경의 혼란스러운 시적 발언들은 이러한 사회적 억압에서 벗어난, 시인 자신의 지극히 개인적이고 사변적인 언어의 실행을 보다 극대화하려는 시도처럼 보이기도 한다. 그 대표적인 예가 머릿속에서 떠오르는 생각들을 무작위적으로 따라가는 연상의 언어들이다.

봄이면 으뜸딸기 작목회 생각이 반복된다 어디쯤일까, 에서 시작해 딸기는 으뜸은 어디쯤일까 봄은

딸기는 빨개 초록이기도 하지 초록은 숲과 들판의 숨소리 숨소리는 가파르고 오르는 연두색 마을버스 언덕 위 사람들에게 다행이고 편지를 넣는다 우체통을 찾아 사연도 빨개

연상聯想은 형통하다

[……]

청능사가 계속 봄을 권하는데
보이지 않는 귓속 보청기와 더 보이지 않는 고막형 보
청기
고막형 보청기는 비싸다는데
이게 다 소리를 깊이 감추는
때문이야

풀밭에서 입술을 달싹거리며
자라는 뱀딸기의 광택
맛은 별로라며
정말 뱀이 핥고만 지나갔나

매의 눈
그 동그라미 속으로 숨는다 나는
바탕이 아니라 도트

연상의 끝에는 내가 있다
나로 돌아온다

— 「도트Dot」 부분

이 시는 먼저 으뜸딸기 작목회라는, 독자들은 알 길 없는 시인의 어떤 반복되는 기억에 대해 말한다. 그러나 이 시가 들려주는 것은 기억이 아니라 그것이 불러일으킨 연상이다. 딸기의 빨간색은 초록에 대한 연상을 부르고 이것은 다시 숲과 들판, 연두색, 마을버스, 편지, 우체통 등으로 이어진다. 시인의 연상은 또다시 청능사와 보청기라는, 딸기와 아무런 관련이 없어 보이는 대상들로 느닷없이 옮겨 간다. 이 시는 연상을 불러온 으뜸딸기 작목회와 청능사에 대한 소개 대신 그것이 시인의 머릿속에 불러일으킨 순간순간의 개인적인 연상들만 서술하고 있을 뿐이다. 우리는 딸기에 대한 연상을 따라가며 시인이 왜 느닷없이 청능사를 떠올렸는지 청능사가 보청기와 어떤 관련이 있는지 알 수 없다. 시인은 이것이 지극히 개인적인 연상이므로 자신의 머릿속에 왜 이런 생각들이 떠올랐는지 독자에게 굳이 설명할 필요가 없다는 듯 연상 그 자체에만 집중하고 있는 듯하다.

연상이란 무엇인가? 말 그대로 생각의 꼬리 물기, 생각이 생각을 불러일으키며 자신의 몸집을 불려가는 관념의 율동이 아닌가? 대개의 경우 연상은 정신의 이완을 수반한다. 생각이 딱딱하게 굳어 있는 상태에서 자유로운 연상이 실행되기란 어렵다. 뿐만 아니라 연상의

과정에서 일어나는 생각의 비약이나 돌출적인 이미지
들의 출현은 우리에게 그리 낯선 경험이 아니다. 연상
이란 생각이 일관된 맥락이나 합리성에의 요구에서 벗
어나 춤추듯 관념 그 자체의 자유로운 흐름을 따라가는
것이므로. "연상은 형통하다"는 시인의 말 속에는 아마
도 연상의 이러한 자유로움에 대한 시인의 감탄이 담겨
있을 것이다. 연상에 빠진 스스로를 일컬어 시인은 "나
는 바탕이 아니라 도트"라고 말한다. 누구의 삶에나 적
용되는 보편적인 바탕이 아니라 자신의 개별성을 실행
하는 존재로서의 도트. 형통한 연상이란 바로 이 도트
를 실행하는 정신을 말하는 것일까? 그러나 연상의 끝
에서 시인은 다시 나로 돌아온다. '나'라고 불리는 그
집요한 바탕에게로.

3. 마아말레이드 마멀레이드 마말레이드

시인은 "될 수 있으면 지우고 벗어나려 하는 것이 나
의 중심/그것이 가장 나의 심心"(「핵심」)이라고 말한다.
시인이 「도트」에서 대상에 대한 기억 대신 대상으로부
터 벗어난 연상에 집중하는 것은 아마도 이처럼 '지우
고 벗어나려'는 욕망 때문일 것이다. 「도트」에서 도트
로 표현된 그것은 여기서 중심 혹은 심으로 표현된다.

그러나 연상의 끝에서 시인이 오롯이 나로 돌아와 있는 자신을 발견하듯, "멀리 갔다가 허리에 묶인 고무줄의 탄성으로 되돌아오는 나는 핵심의 바깥을 기웃거리다가 원상 복귀를 하곤"(「핵심」) 할 뿐이다. 나의 중심, 나의 심이 시인의 것이라면 시인을 끊임없이 나에게로 원상 복귀시키는 그 핵심 역시 시인의 것이다. 황혜경의 시들에서 빈번히 출현하는 일인칭 화자들은 그녀의 시에서 '나'라는 존재가 갖는 점착력의 크기를 짐작하게 한다. 그녀의 시에서 '나'란 시인을 핵심으로 원상 복귀시키는 힘인 동시에 그 핵심 바깥으로 벗어나려는 힘이기도 하다. 이 두 개의 힘이 끊임없이 부딪히고 길항하는 지점에 시인의 딜레마, 또는 그녀의 시를 읽는 독자의 혼란이 자리 잡고 있는지도 모른다. 그렇다면 그녀의 시에서 두 개의 '나'는 어떤 방식으로 작동하는가?

왜 그동안 신지 않았지 그런 신발이 꼭 하나 있다
누울 자리를 보고 다리를 뻗었는데 족쇄가 채워질 때를 이제 알 만큼 알지
그러니 결국 울고 마는 날들 그러나 울어도 안 되는 날들 그럴수록 나는 좋아 끼리끼리가 끼리끼리 말도 좋고 끼리끼리 모이는 것도 좋아 끼리끼리 소리를 내며 안 신던 신발을 꺼내 신고 물집이 생겨도 뒤뚱거리며 끼리끼리 쪽으로 걷는다

끼리끼리는 곧 나쁜 꽃을 피울 것 같다고 너는 말했지만
곧 피어날 꽃에 대고 나쁘다고 말하는 네가 더 나쁘다
고 나는 말한다

탁해지고 싶은 날이 있고 그런 날에 무엇과 섞였는지
도 모른 채 혼탁하기도 하지만 섞인 척이기도 하지

[……]

마아말레이드 마멀레이드 마말레이드 입을 벌렸다 오
므렸다 하면서 나는 나처럼 마아말레이드 발음하는 끼리
끼리 쪽으로 밀착하려고 걷는다 모르는 것은 몰라, 말하
지 않기로 하고 큰 말보다 작은 침묵을 뱉으면서 남의 음
식을 먹어보듯이 말들을 씹어 삼키면서 너와 나의 다른
맛이 어떤 맛일까 궁금했지 알고 싶어져서

[……]

마지막이라는 말을 뱉고 나면 마지막이 완성될 것 같
아서
치맛자락을 놓지 못하고 울기만 하는 아이처럼
고개를 숙이고 동류同類의 감정을 더듬어가며 끼리끼

리의 우리를 찾으며 가고 있는 중이다

　끼리끼리 안에서 만난 너는 오늘 나의 손에 **definitely**
단어 하나를 쥐여주었으며

　확실히 나는 받았다 꼭 쥐고 있으라고 했다

　우리를 이룬 무리 안에서 혈맹처럼

―「끼리끼리」 부분

　나의 딜레마는 "누울 자리를 보고 다리를 뻗었는데
족쇄가 채워질 때를 이제 알 만큼 알지"라는 말에서 시
작된다. 이 문장에서 '족쇄가 채워질 때'보다 더한 무게
로 나를 속박하는 것, 그것은 아마도 '이제 알 만큼 알
지'라는 말 속에 담긴 나의 체념, 혹은 학습 효과일 것
이다. "울고 마는 날들"의 좌절이 결국은 "울어도 안 되
는 날들"의 자각으로 이어지는 것 역시 이러한 체념과
무관하지 않을 것이다. 결국 나는 "그럴수록 나는 좋아"
라고 외치며 "끼리끼리 소리를 내"고 "뒤뚱거리며 끼리
끼리 쪽으로 걷는다". 나는 심지어 끼리끼리를 비난하
는 너를 향해 끼리끼리를 두둔하기까지 한다. 우리에게
낯익은 말임에도 불구하고 이 시에서 기이한 동물의 울
음소리 같은 느낌을 자아내는 '끼리끼리'는 집단성과
배타성으로 무장한 세계의 위압적인 이미지를 보다 효
과적으로 드러내주는 듯하다.

　"무엇과 섞였는지도 모른 채 혼탁"이라고 말하는 나

와 그럼에도 불구하고 "섞인 척"하는 내가 같은 '나' 안에서 부대끼는 삶이란 '마아말레이드'를 '마멀레이드' '마말레이드'라고 발음하는, 같지만 다른 언어들의 미세한 틈과 오차를 끌어안고 살아가는 삶이다. 그러나 "마지막이라는 말을 뱉고 나면 마지막이 완성될 것 같"은, 그리하여 어떻게든 그 말을 유예하고 싶은 나는 "나처럼 마아말레이드를 발음하는 끼리끼리 쪽으로 밀착하려고 걷는다". "우리를 이룬 무리 안에서 혈맹처럼" 네가 내게 건네준 definitely라는 단어를 손에 꼭 쥐고 "남의 음식을 먹어보듯이 말들을 씹어 삼키면서". 그러면서도 "너와 나의 다른 맛이 어떤 맛일까" 궁금해하며.

네가 건네준 'definitely'. 아마도 이것은 우리의 생각과 언어생활을 보다 명징하게 만들어주는 '우리를 이룬 무리'의 표징, 혹은 혈맹의 부적 같은 것인지도 모른다. "~답게 ~답지 못하게 인정할 건 인정해야 수월해지고 실체는 실재적으로 몸을 회복해야 쾌청하다며 너는 말했지 다행이다 너의 쾌청"(「베란다 B」)이라고 할 때 시인이 고딕체로 처리한 '쾌청' 또한 'definitely'의 의미와 다르지 않을 것이다. '~답게'나 '~답지 못하게' 모두 특정 대상에 부여된 사회적 가치를 기준으로 한 평가라는 점에서 동일한 의미를 갖는 말들이다. "인정할 건 인정해야 수월해"(「베란다 B」)진다는 것은 "그럴수록 나는 좋아"(「끼리끼리」)라고 외치며 끼리끼리 쪽으로 걷는 것과 무엇이 다른가? "실체는 실재적으로 몸을 회복해야 쾌청하다"(「베란다 B」)고 할 때의 '실체'와 '실재' 사이에는 아마도 앞서의 thing을 objet로 만드는 사회적 조건들, 즉 '~답게'의 가치들이 작동하고 있을 것이다. 사과는 사과답게, 딸기는 딸기답게, 인간은 인간답게, 학생은 학생답게,라며 실체를 사회적 실재로 존재 변환하는, 우리를 둘러싼 명징한 사실성의 세계를 떠받치는 저 익숙한 가치들 말이다. 그렇다면 황혜경의 시들이 보여주는 혼란스럽고 무질서한 언어들은 '나'를 '우리를 이룬 무리'의 세계로 끌어당기는 쾌청하고 명징한 '~답게'의 세계와 다른 언어, '마아말레이드'를 '마멀레이드'·'마말레이드'로 다르게 발음하는 그 미세한 틈과 오차를 실행하는 방식, 더 나아가 그 오차를 적극적으로 생산하는 방식으로 발화되고 있는 것일까?

4. 황혜경은 쓴다

실재를 가장한 언어적 기호들의 세계란, 다시 시인의 시구절을 빌리면 "우리는 나열되느라 너와 나는 무수하게 줄을 서 있거나 여러 번 반복적으로 놓여 있고/시간이 매듭지어 놓은 딱딱한 꼭짓점들이 우리의 구도를 미완에서 완결 쪽으로 그리고 있"는 세계다. 시인에 따르면 "우리의 구도를 미완에서 완결 쪽으로" 나열하고 줄 세우고 반복하게 하는 것은 "시간이 매듭지어 놓은 딱딱한 꼭짓점들"(「베란다 B」)이다. '시간의 매듭으로 이루어진 딱딱한 꼭짓점들', 우리는 그것을 무엇이라고 불러야 할까? 어쩌면 그것은 기억이라는 이름의, 혹은 그것의 확장된 형태로서의 역사라는 이름의 거대한 시간의 무덤 같은 것이 아닐까? 살아 있는 현재의 시간 속을 활보하며 보이지 않는 줄로 인간의 삶을 조종하는 죽은 시간의 유령 같은 것 말이다.

기억이라는 이름으로 씌어지고 씌어지고 또 씌어진 언어들이 인간의 삶과 의식을 지배하고 있다는 것, 아마도 황혜경의 시들은 이러한 자각을 전경화하는 지점에서 출발하고 있는 듯하다. 기억이 세계 안에서의 인간의 삶과 언어적 소통을 가능케 하는 것이라면 그 기억을 가능케 하는 것은 인간의 쓰고 읽는 행위다. 우리는 끊임없이 쓰고 읽는다. 쓰고 읽는 행위가 전제되지 않으면 세계 내에서의 삶이 불가능하기 때문이다. 그러나 우리의 언어생활을 가능케 하는 쓰고 읽는 행위는 너무나 투명해서 대부분 자각되지 않는 방식으로 우리의 의식 형성에 관여한다. 언어로 명명된 대상은 실체가 아닌 의미체임에도 우리는 그것이 실체라는 것을 별다른 의심 없이 받아들이듯 말이다. 그렇다면 황혜경의 시들이 궁극적으로 드러내고자 하는 것은 투명한 막처럼 우리의 언어생활을 감싸고 있는 이 쓰고 읽는 행위가 아닐까? '쓰다', 혹은 '읽다'라는 행위에 대한 자의식은 황혜경의 시 곳곳에서 발견된다.

> 가까운 시골을 검색하고 그곳에 갔다,라고 쓰고
> 떠나는 마음으로 접객용 의자나 소파, 테이블을 놓는다
> ─「따로 만든 응접실」 부분

> 얘야 그렇게 주동사主動詞가 될 수 있을까 나도
> ─「동사動詞를 그리라고 하는 이웃집 아이」 부분

> 그토록 '견딜성'이라고 쓰고 또 쓰고 읽게 하던 것이 싫
> ─「싫」 부분

> 오늘, 저 아래 밝은 공동체를 바라보며 외떨어진 누군가는 나는 상실한 베짱이,라고 쓴다
> ─「이해되지 못할 것이라는 걸 알고는 있다」 부분

> 지금의 너는 나의 상처가 섞인 혼용어로 존재한다고 쓰는 그녀를 훔쳐보았고 그것이 너를 너로 사랑하지 못하는 너의 슬픔이라고 읽었다
> ─「이후의 서술敍述」 부분

첫번째 시에서 시인은 '나는 그곳에 갔다'라고 쓰는 대신 나는 "그곳에 갔다,라고 쓰고"라고 쓴다. '그곳에 갔다'가 아니라 '그곳에 갔다,라고 쓰는' 것, 그것은 시골에 간 것이 생각이지 행동이 아니라는 뜻일까? 모호하게 이어지는 "떠나는 마음으로 접객용 의자나 소파, 테이블을 놓는다"는 구절은 '떠나는 마음'에도 불구하고 '떠남'이 불가능한 상황을 역설적으로 드러내는 듯하다. 실제로 우리 삶은 대부분 이러한 마음과 행동 사이의 단절, 혹은 괴리의 어디쯤엔가 존재하는 것이 아닌가?

두번째 시에서 시인은 동사動詞, 즉 '하는 걸' 그려보라는 아이에게 "얘야 그렇게 주동사가 될 수 있을까 나도"라고 묻는다. 동사를 그린다는 건 어떤 의미일까? 언어로 어떻게 "줄넘기하는 걸" "화분에 물 주는 걸" 그릴 수 있을까? 아마도 언어에게 이것은 불가능한 주문일 것이다. 언어로 줄넘기하는 동작, 화분에 물 주는 동작을 보여줄 수는 없다. 동사가 표현하는 것은 '하는 것'이 아니라 '하는 것'에 대한 정보이기 때문이다. 인간의 의식을 지배하는 것은 언어를 통해 인간의 머릿속에 입력되는 이러한 무수한 정보들이다. 우리가 살고 있는 언어의 세계는 동작의 물질성이 아니라 동사의 기호성이 지배하는 세계이다. 이들 시에서 시인이 궁극적으로 도달하고자 하는 것이 '떠남'이든 '하는 것'이든,

기호화된 정보들이 인간을 지배하는 세계에서 나는 동작의 주어뿐만 아니라 동사의 주어조차 될 수 없다. 언어 속에서 나는 '나'로 명명된 존재이며 동작과 동사의 주어는 바로 이 명명된 '나'이다. 언어의 세계에서 모든 문장의 주어는 결국 언어 자신이기 때문이다.

그렇다면 이 세계에서 시인은 무엇을 할 수 있는가? 시인은 다만 쓸 수 있을 뿐이다. 그리고 견딜 수 있을 뿐이다. 시인은 "'견딜성'이라고 쓰고 또 쓰고 읽게 하던 것"에 대한 거부를 '싫'이라는 불완전한 종결어미로 처리한다. '싫'은 그 불완전한 형태로 인해 '싫다'보다 시인의 불안정한 내면을 더 효과적으로 전달하는 듯하다. 시인은 또한 "저 아래 밝은 공동체를 바라보며 외떨어진 누군가는 나는 상실한 베짱이,라고 쓴다"라고 쓴다. 여기서 스스로를 상실한 베짱이라고 쓰는 '누군가'는 누구인가? 시인의 목소리를 빌리면 그것은 "주인인 줄 알고 살았던 나의 생生에/객客으로 초대받는 느낌이었다고 고백하"(「버려질 나는 아름답다」)는 존재, 혹은 "누군가는 누군가의 말에 의해 또 누군가는 누군가의 말이 되고 누군가는 누군가의 말이고 누군가는 누군가가 되어가고 누군가는 누군가이고"(「누군가」)라고 혼란스럽게 되뇌는 존재일 것이다. 의식되지 않은 채로 끊임없이 우리의 의식을 지배하는 언어라는 투명한 사슬, 그리고 그 사슬에 엮여 끝없이 나열되고 줄 세워지고 반복되는 수많은 누군가들 말이다. 시인이 "나의 몇 겹은 누구의 것이었나"(「나의 철제 책상에 앉은 것은 누구인가」)라고 말할 때, 시인의 내면에 몇 겹의 '나'로 존재하는 것은 그 누군가들이다. 그러나 누군가는 또한 '싫'과 '싶' 사이에서 흔들리며, '저 아래 밝은 공동체'와 섞이지 못하는 낯선 존재들, 바탕이 아닌 도트로 내 안에 존재하는, 모두가 주인공인 나의 몸들에 대해 끊임없이 말하고 꿈꾸는 존재이기도 하다.

황혜경은 쓴다. '쓰다'의 자의식은 아마도 황혜경의 시들을 떠받치는 가장 큰 동력일 것이다. 이러한 자의식을 통해 시인은 나의 삶과 언어를 동일자로 환원시키려는 질서 정연한 언어의 사슬을 헤치고 힘겹게 더듬더듬 시인의 내면에 깃든 개별자의 언어들을 향해 나아가려 한다. 시인은 소통이 아닌 독백에, 맥락이 아닌 오차에, 단 하나의 언어가 아닌 모두가 주인공인 나의 몸들, 그 불완전하고 가변적인 언어들 위에 위태롭게 서 있으려 한다. 개별자의 언어를 찾아가는 지난한 과정에서 시인이 꿈꾸는 것은 기억이 아닌 망각을 찾아가는 언어, 혹은 차라리 망각 이후에 오는 언어라고 할 수 있지 않을까? "색이 몸이 되어가는 저녁"에 스스로를 향해 중얼거리는 듯 시인이 들려주는 다음의 말들처럼 말이다. ▨

너는 항상 베란다 B에 있고 베란다 B는 어디에든 있고

너는 기다리고 있고 나는 너의 무엇을 계속 향해 갈 것
이다

발코니 A라고 했는지 베란다 B라고 했는지

망각보다 우리가 더 가능해질 때까지

—「베란다 B」부분